U0008440

Novel@
然後我愛你
有的時候，放掉，不是失去，是另一種方式的擁
超·幸福系女王
Sunry著
就算愛情曾經讓我痛、讓我哭，我還是懷著期待。
我期待逝去的感情能夠重來，或者，另一個更好的他出現。
我期待那些流過的淚不會再流，或者，今後只剩感動喜悅的淚水。
我期待受過的傷都能癒合，或者，自己能夠更堅強。
而也許我的期待，只為了你始終溫柔的陪伴。

第一章·堅持

嚴毅，最近我常在想，有的時候，我們所謂的堅持，是不是一種徒勞無功的執著。

就好像，明知已經退回到朋友位置的兩個人，不可能再回到情人的關係，卻還是傻傻等待奇蹟的出現；明知彼此都不是對的人，卻還是堅持相信，那些日子裡的相互依賴並不是錯誤一場，相信也許到最後，還是能夠重新走在一起。

你曾說過，這樣的我很傻，愛錯就愛錯了，承認錯誤並不會怎麼樣，只要修正方向，總有一天一定會遇到對的人，重新幸福。

但我不想從那樣的錯誤裡甦醒。或許是太貪戀那段日子裡的幸福，太沉醉在那種用盡力氣去愛一個人，就算為他死掉也無怨悔的愛情裡，所以我寧願讓心被撕裂，也不願意朝遠離痛苦的出口前進。

嚴毅，我能明白你對我無能為力的拯救，也能明白你想看見我幸福快樂的祈望。

然而，很多時候，我們卻沒辦法瀟灑地放過自己，總是輕易就被過去的點點滴滴緊緊束縛綑綁，動也不能動，任由心酸折磨，也不想瀟灑轉身。

後來我好像有點明白了，每個人，對於某些事，總有一些毫無意義的堅持。之於你、之於我、之於其他人，皆是如此。

就像我不願意從早就離開的愛情裡走出來；就像你始終努力要點醒已經無可救藥的我一樣。

我們總是在堅持那些徒勞無功的堅持，分分秒秒，日日夜夜。

當嚴毅第五次來電時，我已經化好妝，換上那件新買的粉紫短裙洋裝。

「好了好了，我已經好了……」

我一隻手抓起我的小提包，一隻手將手機貼近耳邊，用肩膀夾住，再拎出鞋櫃上的高跟鞋丟到地上，十萬火急地迅速穿上。

衝出管理室時，我看見嚴毅身子倚靠在他的白色轎車旁，一臉無奈地看著我。

「對不起、對不起啦……我睡過頭了嘛！」

我向他行童子軍禮，外加傻笑賠罪道歉。嚴毅一向都吃我這一套。

「這次先讓妳欠著，下次我一定要敲妳竹槓，讓妳請回來。」

「是的，老大！沒問題。」我嘻嘻一笑，嚴毅只好也跟著笑了。

坐上嚴毅的車，我讓自己用最舒服的方式坐著，在只有我們兩個人的空間裡，我不必彆扭地裝淑女，反正嚴毅也不會欣賞。

隨手拿起一本放在前座置物箱裡的書，看起來十分新穎的封面上，印著嚴毅的名字。

「新書？」我晃晃手上的書，問道。

「嗯。」嚴毅的頭轉也沒轉地哼了一聲。

「嚴毅，你要不要改筆名？我覺得嚴毅這個名字實在很像古代人或是老人家才會取的名字耶。」

「會嗎？妳不覺得挺像武林高手的嗎？講出來會讓一堆壞人嚇破膽的那種名字。」

「哪會啊？」我笑出來，「我倒覺得像古時候到處打劫做壞事的通緝犯名字，就是衙門會貼畫像在大街小巷，滿臉鬍渣，右臉上還有個大大刀疤的那種通緝犯。」

嚴毅也笑起來，「妳形容得眞有畫面。」

「所以你眞的不打算換筆名嗎？換個溫文儒雅一點的，讓人一看到，就會想像這個作者很帥的筆名。」

「有個名字我倒是挺喜歡的。」

「哪個哪個？」我好奇得身體不由自主微微前傾。

「藤子不二雄。」嚴毅正經八百地說：「我挺喜歡這個名字，可惜被那個日本人先用去了，好可惜。」

我的好奇瞬間化為烏有，瞪他一眼，「很不好笑。」

「誰在跟妳開玩笑，我是說眞的。從小我就一直很喜歡藤子不二雄這個名字耶。」

「我比較喜歡他畫的哆啦A夢。」

「比起哆啦A夢，我更喜歡藤子不二雄這個名字多一點。」

「鬼打牆啦？不要再討論藤子不二雄這個永遠也不可能變成你筆名的名字好嗎？要不你就叫藤條不二雄，如何？」

「咦？」嚴毅轉頭過來看我一眼，依然笑著，「這個建議不錯唷！列入考慮選項。」

「神經！」我開始不想理他了，翻著手上那本新出版的網路小說，問著，「這本故事在講什麼？」

「妳看了就知道啦。」

「你又不是不知道我對看書最沒耐性了，你直接跟我簡述啦。」

「不要。」

「小氣！」我朝他皺鼻子，「不要就不要，我自己看。」

有一抹淺淺笑意不經意地從嚴毅嘴邊滑開來，嚴毅也許並沒發覺，但我看見了。

如果問我，這個世界還有什麼是讓我慶幸的，那我會說，認識嚴毅，是上天給我的恩典。

嚴毅走進我生命的時候，李德銓正好離開我生命的軌道。

那一年，我大四。

李德銓離開的原因，是「劈腿」。而且對象還是我的直屬學妹。

我們三年的感情，輸給一個他認識才三個月的女生。我再怎麼樣也沒辦法想像，這種連續劇才會出現的爛梗，竟然活生生發生在我身上。

分開的時候，李德銓萬分歉意地看著我。

他說：「毓昕，對不起，我希望我們還是能當好朋友，好嗎？」

我很想叫他去吃大便，但是，極度傷心的我，只能被動地點頭說「好」。

就像我和他的愛情，一直以來都是我依附著他在轉動，心情不是自己的、時間不是自己的，就連朋友，也要經過他的篩選才能往來。

有一種植物，叫槲寄生，是寄生在某些樹木上，必須依附著那些樹木才能生存的。

李德銓曾說過，我就像槲寄生。以前我不懂得他這句話意指爲何，還爲此上網去查詢這種植物的特性。一直到他離開了，我才突然明白他話裡的意思。

少了他，我的生活頓失所依，連帶的，生存的勇氣也幾乎遺失。

我用身上僅存的微弱力氣哭著，用力地哭、瘋狂地哭、沒日沒夜地哭，一面揮霍著傷心，一面悼念已經不會回頭的戀情。

一開始，李德銓還會顧念舊情，每隔幾天打電話給我，問我有沒有記得吃飯或睡覺，提醒我胃藥放在哪個抽屜，維他命C錠放在什麼地方，手機充電器和相機備用電池放在哪個櫃子裡。

每次他打電話來，我都會盡量少說話，怕被他察覺自己的傷心，努力在他面前假裝不在意，但往往都在結束通話後徹底崩潰。

這樣的情況發生幾次，我的室友云芝就看不下去了。

後來，在某次李德銓又打電話來時，云芝從我手中把電話搶過去，劈頭就罵，什麼尖酸刻薄的話全出來了。她到底罵了些什麼，詳細內容我已經不記得了，只有印象她在掛掉電話之前，很用力地叫李德銓去吃大便。

云芝說出了我心裡想說的話，在那當下，我竟然笑了。那是我失戀那段日子來，第一次笑，眞心地笑。

然後，嚴毅出現了。

嚴毅跟我們住在同個社區的不同棟大樓裡，他住在C棟，我和云芝住A棟。

在認識嚴毅之前，有好幾次，我跟云芝意外在信箱裡拿到嚴毅的小說。

云芝很喜歡嚴毅寫的小說，她說她從高中就喜歡看他寫的書，只可惜，在新人輩出的時代，嚴毅那種沒什麼高潮迭起的療癒系小說，慢慢地被後浪逼死在沙灘上。

但云芝還是很開心能在信箱裡撿到嚴毅的小說。

只是，我和云芝壓根兒沒想到，丟書到我們信箱的會是作者本人。

在我們拿到嚴毅放的第六本書的幾天後，意外發現書是嚴毅放的。

那天下著雨，云芝和我下午只有一堂課，我們兩個人上完課不知道要做什麼，下雨天去哪裡好像都不適合，只好打道回府。

就這樣，我們撞見站在大樓整排信箱前，抱著一堆書胡亂找信箱投遞的嚴毅。

「出版社寄來一堆樣書，我不知道該怎麼處理，想想大樓的住戶這麼多，總該有些人家裡有孩子喜歡看課外讀物，所以就亂槍打鳥地把書丟進住戶信箱裡，就算家裡沒有孩子喜歡看書，至少還能拿去回收，拿個幾塊錢貼補家用也不錯。」

直到熟識之後，嚴毅才這麼向我們解釋他贈書的理由。

✡也許，我們都是彼此的槲寄生，必須依附著對方才能呼吸，才有面對未來的勇氣。

嚴毅跟我想像中的作家完全不一樣。

我對作家的印象，是來自於電視劇。

電視劇裡常會把作家的住處描寫得一團亂，到處有泡麵空碗，偶爾一兩個殘留食物的碗裡還會酸臭發霉，滿地的垃圾、整沙發的衣服，還有作家一頭像幾個星期沒洗的泛油亂髮。

所以，我很單純地相信這就是作家們的眞實面目。

直到和嚴毅混熟了，去過他家，才發現原來並不是所有作家都跟電視劇裡演的一樣。至少嚴毅家的擺設有條不紊，窗明几淨。

云芝跟我看到這樣的景況，都汗顏了。

「你有潔癖？」

「一點點。」

「你處女座的？」

「不是。」

「還是你的上昇星座或月亮星座在處女座？」

嚴毅聳聳肩，「好複雜喔！什麼上昇星座、月亮星座的？我只是習慣物歸原位，地髒了要掃，浴室不要弄得濕答答，東西吃完了碗要洗一洗，垃圾要記得分類……」

「你果然有潛在的處女座個性！」

最後，我十分篤定地下了這個結論。

嚴毅龜毛的性格不只表現在他居住的環境裡，就連吃東西，他也堅持一定要將碗裡的食物吃乾淨。

「我奶奶說，不把東西吃乾淨，將來會娶貓老婆。」

「那是什麼？」

第一次聽見他的說法，我還以爲我耳背聽錯了。什麼貓老婆？

「貓老婆啊。」嚴毅說得理所當然，一面說，一面用筷子將他眼前那碗味噌湯裡的豆腐切丁，一塊一塊夾進嘴裡咀嚼，「沒把碗裡的東西吃乾淨，老天爺就讓不愛惜食物的人娶到貓老婆或嫁給貓老公喔。」

「嚴毅，你怎麼這麼迷信？」我啼笑皆非。

「這才不是迷信，要不然我們來賭看看。」

「賭什麼？」

「賭妳這樣暴殄天物，以後會不會嫁給貓老公。」

我順著嚴毅的視線，看了一眼自己眼前那碗扒了幾口的魯肉飯，還有只喝了一口的味噌湯，湯裡有幾塊看起來白嫩可口的切丁豆腐。

三秒鐘後，我很豪氣地把我的飯和湯全推到嚴毅面前。

「你幫我吃掉。」

「爲什麼？」

「因爲……因爲我……因爲我才不想嫁給什麼貓老公呢！」

大概就是因爲被嚴毅這樣一嚇唬，又開先例地讓他幫我吃掉我吃不完的東西，致使日後，只要我和嚴毅一起出去吃飯，他都要隨身準備好兩個胃，一個胃用來裝他自己點的餐，另一個胃，是用來預備儲存我吃不完的食物。

「我如果會胖，那都是妳害的。」

後來，這句話變成嚴毅每次幫我吃完東西的結尾詞。

嚴毅的出現，多多少少塡補了李德銓不在我身旁的空虛。

他從來不問我爲什麼會在氣氛熱鬧歡愉的環境裡大聲笑著笑著就突然安靜下來，不問我為什麼聒噪地話講著講著就紅了眼眶，不問我為什麼在ＫＴＶ歌唱著唱著就突然低頭掉下淚來。

「反正又不是妳的損失！他失去一個愛他的人，妳只是丟掉一個不愛妳的人而已。」

有一次，他在電話那頭這麼對我說。

失戀的事，我從來不曾主動向他提起過。不過，就算我沒說，直腸子的云芝應該也會在閒聊時不小心脫口而出吧。

所以，即使嚴毅沒開口追問，我還是直覺他早就知道我被愛情遺棄了。

因此，當嚴毅在電話那頭對我說出這句話時，我心裡滿滿是感動，原來真心的安慰，並不需要華麗的言詞。有時，只是一句平常的話，搭配關心的語氣，就能百分百達到撫慰功能。

我躺在床上，抱著枕頭，詢問著手機那端的嚴毅。

「嚴毅，你有沒有失戀過？」

「家常便飯。」

「騙人！你不是作家嗎？作家不是都很會寫一些風花雪月的東西送女生，女生就會被感動得一塌糊塗，掏心挖肺嗎？」

「問題是，我喜歡的女生都不會被我感動到啊。」

「爲什麼？」

「我也不知道。大概是那些女生都覺得我沒有魅力吧。」

「怎麼會呢？我覺得你很帥啊！」

怎麼可能？我倒是認爲嚴毅挺有魅力的，他人長得斯文又溫柔，還會寫書，怎麼可能有女生被他追卻不動心呢？

「算妳有眼光，哈！不過，也許在她們眼中，我還只是一個毛頭小鬼吧！偷偷跟妳說喔，我喜歡的女生啊，年紀都比我大喔。」

嚴毅爽朗的笑聲鑽進我耳裡，他說：「國二時，我喜歡一個國三學姊。高一時，我喜歡一個高三的學姊。大學時……」

「你還是喜歡一個大三或大四的學姊？」我打斷他的話。

「嘿！妳猜的不完全對。」嚴毅依然笑聲朗朗，「正確地說，是一個研究所的漂亮學姊。」

「嚴毅，你有戀姊情結嗎？」

「也不能這麼說。嚴格來說，應該是很多男人都有二十五歲情結。」

「那是什麼?」

「聽說，大部分男人都會喜歡年齡二十五歲的女生。當一個男人二十歲時，他會覺得二十五歲的女生充滿輕熟的魅力。當一個男人四十歲時，他會覺得二十五歲的女生洋溢著青春氣息。當一個男人六十歲時，他會覺得二十五歲的女生活潑可愛。所以不管男人幾歲，一個二十五歲的女生，對他而言，都擁有極致的吸引力。」

「這跟你的戀姊情結有什麼關係?」

「我在國中和高中時，遇不到二十五歲的女生，就算遇到了，頂多也只是欣賞，可能沒辦法到喜歡的程度，所以只好喜歡年紀比我大的女生，總覺得她們不像身旁同年齡的女生那樣多話又三八，還有一種神祕的距離感，讓人很心動、很想靠近。上了大學，終於可以接觸到年齡層較廣的女孩子，我才體認到，二十五歲的女生，對一個男人而言，是一種極致的境界。她們界於青春與輕熟的階段，已經開始懂得人情世故，不會再過度任性，但仍然擁有純真與浪漫的幻想。偶爾的煩惱，會讓她們臉上蒙上一層憂鬱色彩，卻更添幾分林黛玉般的美感。所以妳說，如果妳是男生，妳會不會喜歡這樣的二十五歲女生?」

「應該……會吧!」

我也不是很肯定。畢竟我是女生，而且，我沒有喜歡女生的經驗。

「所以，林毓昕，妳現在二十五歲，妳要相信，妳是最無敵的，擁有最無敵的青春、最無敵的漂亮，還有最最無敵的魅力。」

✡無敵的青春、無敵的漂亮、無敵的魅力，除了那些，我一定還能擁有無敵的幸福。

✣

嚴毅的房子裡有好幾座大書櫃，上面放著滿滿的書，嚴毅還將那些書依作家姓氏分類擺放，不過在那一堆書牆上，我卻沒看到嚴毅自己的書。

「自己寫的書，我不習慣放在書櫃上，看見書上有自己的名字，感覺很怪。」

「所以你不看自己寫的書？」

「自己寫的書，怎麼會有再來拿翻閱的念頭呢？一本書出版之前，通常會經歷反覆修稿的陣痛期，每次我都修稿修到要吐。所以書出版之後，短期內，我根本不可能拿出來看。」

以前，我很羨慕嚴毅的生活。

他是專職作家。遇上趕稿期間，雖然生活總是日夜顛倒，一副用命去拚經濟的辛苦模樣，但他一年裡，也只有那幾個月的時間在拚經濟，大部分的時間，他總是優雅地過著悠閒的生活，每天把自己打理得乾乾淨淨的，無聊時就去書店晃一晃，再帶幾本戰利品回來，然後就幾天不見人影地過著與世隔絕的日子。

嚴毅曾經拿了幾本書借我，覺得對我迷失的心應該有幫助，我也曾經很努力地翻閱那些書，想從書裡的文字，得到成長與遠離傷心的力量。

「可是，我覺得我可能得了一種『翻開書就會打瞌睡』的病，而且是絕症，無藥可醫了。」

在那隔天，我把書還給嚴毅時，十分苦惱地說。

嚴毅拿我沒轍，於是我們達成協議，由他當我的眼睛，幫我看遍所有書籍，咀嚼消化後，再把精華告訴我。

「這樣你可以看你最愛看的書，我可以得到我想得到的知識，是不是很棒？一舉兩得耶。」

「是是是，妳說的都對都好。」

嚴毅淡淡地笑了一下，幾秒鐘的凝視裡，藏著許多我讀不懂的情緒。我看見了，卻不想追問他爲什麼，也許，在我的心裡，「適當的距離」是擁有彼此最恆久的方式。

「林毓昕，到了。」

矇矓間，有人推了推我。我睜開眼，一時之間還沒意識到自己在哪裡，直到看見嚴毅的笑臉，還有腿上那本嚴毅的新書，才慢慢反應過來。

「我又睡著啦？」

「睡得可熟的呢。」

「有沒有流口水？」

「沒有，但有打呼。」

「眞的？」我大叫，「唉唷，這麼丟臉的事，你把它當成一個只有你知道的祕密就好啦，幹麼要跟我說啦？」

「好東西要跟好朋友分享嘛。」嚴毅笑著，見我十分介意的模樣，才招認，「騙妳的啦！妳只是呼吸沉重，沒有打呼啦。」

「喔！那你幹麼要騙我？」我埋怨地瞪他，「騙我很好玩嗎？」

「嗯，妳的反應讓人頗滿意。」他饒富興味地看著我。

「無聊鬼。」

「快點走吧，再晚就要被許云芝砍頭了。」

一經嚴毅提醒，我原本還有些渾沌的腦袋，這才一下子清醒。

本來今天要跟嚴毅一起搭云芝她男朋友的車來婚宴會場，但因爲云芝說他們想先去逛街，再到賣場去買些東西，偏偏他們的行程跟地點都不吸引我，只好與他們分頭行動。

正想著，這麼晚到，等等可能要被那位許小姐唸到臭頭，云芝的電話就過來了。

「林小姐，妳在哪裡啦？叫我幫你們佔兩個位置，結果人家都要開席了，你們兩個人還不來，一堆沒位置坐的人一直走過來，害我要不停向人家道歉說位置有人了，很丟臉耶！」

電話一接通，云芝那媲美菜市場大嬸殺價般的嗓音如雷灌耳地灌進我耳膜裡。我慌忙把手機拿遠一點，讓它和我的耳朵保持適當距離，以免被她的音波震聾。

「到了到了，我們在停車場了啦，妳那邊好吵，先不聊了，等等再說。」

按了結束通話鍵後，嚴毅笑著問：「云芝？」

「除了她還有誰？嗓門好大，我的耳朵都快被她丹田的內力震聾了。」

嚴毅只是笑，沒再接話。

今天和嚴毅來參加的婚宴，是嚴毅一個綽號叫「毛蟲」的高中死黨，在幾經思量之後，決定從容就義，結束單身生活的告別單身婚宴。

毛蟲常去嚴毅家，間接地也和我跟云芝熟稔了起來。

毛蟲決定結婚之前，也經歷過一段身心煎熬的拉鋸戰。一方面，他不甘心這麼年輕就被婚姻綁住。另一方面，他又捨不得一路跟他愛情長跑的女朋友，因他遲遲不點頭而常常憂鬱流淚。

「還是你聰明，不交女朋友，只和女生保持好朋友關係，這樣感情才能歷久彌堅。」毛蟲常拍著嚴毅的肩膀，語重心長地說。

每次毛蟲這樣說時，嚴毅都只是笑，淡淡的笑容裡，有寂寞的味道。

有一次，我們去賣場買東西，我和嚴毅推著購物車，經過泡麵區時，嚴毅挑了好幾款泡麵丟進車裡。

「你爲什麼不交女朋友？」

我看著，突然在想，如果嚴毅有女朋友的話，他女朋友應該會阻止他吃泡麵。說不定還會罵他要是常常這樣吃泡麵，得小心以後變成木乃伊。

嚴毅沒看我，推著車繞到罐頭區，拿了幾個鯖魚罐頭和鰻魚罐頭放進購物車裡，才慢條斯理地說：「沒遇到喜歡的女生啊。」

「那以前喜歡過的女生呢？都不再喜歡了嗎？」

「早就沒聯絡了，而且之前不是說過了嗎？她們全都不喜歡我啊。再加上我也沒有那種死賴著人家不放的勇氣。」

「可是你這樣怎麼辦？嚴毅你快三十歲了耶，再不找個女朋友，很快就會禿頭老花眼，這樣就更難交到女朋友啦。」

我略略苦惱地皺著眉看他。

嚴毅瞬間笑開了，伸手摸摸我的頭，就像在摸他家的黃金獵犬「小金」那樣。

「妳擔心什麼？男生是愈老愈有價值，我要把自己放成『鑽石單身漢』，再放到網站上讓大家競標搶購。倒是妳，妳才要擔心自己吧！老是把自己困在過去的感情裡，這樣怎麼給別的男生機會呢？怎麼給自己的幸福一個完整的交代呢？」

「我……我又沒有……我們、我們現在是好朋友啊，單純的好朋友，所以沒有誰喜歡誰的問題，就只是朋友而已。」

嚴毅沒有馬上接話，他靜靜地看了我幾秒鐘，又伸出手摸摸我的頭，嘴角彎起一道弧線。

「有的時候，放掉，不是失去，是另一種形式的擁有……也許有一天，妳會懂得我這句話裡的意思。」

✡有的時候，放掉，不是失去，是另一種形式的擁有。

✣

我們還沒走進宴會場地，就在禮金處被穿得西裝筆挺的毛蟲攔下來。

「哇！林毓昕，想不到妳穿起洋裝還滿像女生的嘛。」

毛蟲誇張地瞪大眼，露出訝異的神情。

「幹麼這樣？我本來就是女生啊。倒是你，今天穿得人模人樣的，很帥嘛！」

毛蟲不是省油的燈，他當然聽出我話裡的蹊蹺，並且很快回話，「我一直都人模人樣啊，只是今天特別帥，我知道。」

「算了！今天是你的單身葬送日，我就不要再說話落井下石啦。」我拍拍他的肩膀，「節哀喔。」

「嗯。」毛蟲配合我演戲，低下頭說：「妳陪我默哀三秒鐘吧。」

一直在一旁靜靜微笑的嚴毅終於忍不住笑出聲，掄起拳頭，輕捶了他的好朋友肩窩一拳，說：「恭喜啊，毛先生。」

「好說好說。」毛蟲笑著回打一拳，「以後就不能死皮賴臉去霸佔你家沙發啦，記得有空幫我多打掃整理，哪天我被我老婆趕出家門，至少還有地方可以窩。」

「安啦，我明天就去訂作個牌子，上面刻上『毛蟲避難處』，掛在我家沙發旁邊，幫你宣示主權。」

「果然朋友還是老的好。」毛蟲用力抱了嚴毅一下，「我好感動唷。」

「那擠兩滴眼淚出來瞧瞧。」我接話。

「這個不用急，等等交換完戒指，確定我已經從單身俱樂部除名後，我的眼淚自然就會像水龍頭打開一樣掉不停，要多少有多少。妳要不要去準備個水桶來裝一下我的眼淚啊？我怕等等宴會會場會被我的淚海淹沒。」

「最好是啦，我拭目以待。」我笑。

「那什麼時候換我喝你們兩個人的喜酒啦？」

毛蟲哪壺不開提哪壺，突然丟出這麼一顆變速球，害我完全接不住，笑容瞬間僵在嘴邊。

「等我找到我的公主，毓昕也找到她的王子，我們自然會各丟一張帖子給你，讓你來喝我們的喜酒。」

嚴毅依然處變不驚，還是慢條斯理的模樣，緩緩開口，靜靜淺笑。

「幹麼各丟一張？你們兩個人明明看起來感情那麼好，一起丟一張不好嗎？讓我省一包紅包，不好嗎？」

「你想得美！」我迅速接話，「出來混，總是要還的。收進去的紅包，總是要吐出來的。」

「嘿，林毓昕，這句又是從哪裡來的？」

「林家古訓啦。」

「學起來學起來。」

「無聊。」我白了他一眼，拉住嚴毅，「走了啦，等等云芝真的要罵人了。」

「那我們先進去了喔。」嚴毅伸出手，用力抱了毛蟲一下，拍拍他的肩，用祝福的口吻說：「還是很恭喜啊，恭喜你走入人生的另一個階段。」

「謝啦，老大。」毛蟲滿嘴滿臉的笑，完全掩飾不住的幸福，讓人很羨慕。

一走進宴會會場，我都還沒來得及在幾乎已經坐滿人的宴會餐桌間找到云芝，遠遠的，就看到兩隻手在半空中交叉地揮啊揮，讓人很難不去注意那雙手的主人。

我拉著嚴毅快步走過去。

「喂，林毓昕，妳生肖屬烏龜喔？這麼慢。」

才走到我們的位置前，人都還沒坐下，云芝就開始哇啦哇啦叫。

「這個人睡過頭了。」

嚴毅用食指比比我，企圖撇清關係。

「誰叫妳出門前沒叫我？」我裝無辜地睜大眼看著云芝，露出可憐兮兮的模樣。

「我叫了啊，我又叫又拍門，妳還跑來開房門說妳知道了耶。」云芝說：「這位林小姐，妳該不會又夢遊症發作，跑來開門跟我對話，夢遊完又倒回床上繼續睡吧？」

我吐吐舌頭，云芝說的過程，我完全沒有印象。

「啊，算了算了！反正妳夢遊也不是第一次，算我人美心地好，不跟妳計較了。」

「嘿嘿，就知道妳人最好。」我巴結地抱住她，也不怕妝弄花就在她肩窩裡磨蹭。

「先罰酒喝三杯。」

云芝一面說，一面拿起高腳杯，眞的毫不留情地倒了三杯紅酒，推到我面前。

「真的假的？」我睜大眼，看看云芝，又看看眼前那三杯紅酒。

不會吧！這女人該不會真的想看我出糗吧？我喝酒會起酒疹，這她也知道啊！

「我喝。」

嚴毅二話不說，拿起酒杯一口乾掉。

「喂，你等等還要開車耶。」

當嚴毅伸出手正要去拿第二杯酒杯時，我連忙拉拉他的袖子，小聲提醒。

「沒關係啦，紅酒而已，不會醉的，大不了等等坐云芝她男朋友的車，讓他送我們回去。」

「不要。」云芝小氣拒絕，「等一下我們還要跟朋友去續攤，沒空送你們回家。」

「唉唷，許云芝小姐，妳真的很小氣耶。」我皺起眉頭，朋友是這樣當的喔？

「小氣是我的特色啊。」云芝巧笑倩兮，沒良心地用手指指我眼前另外兩杯紅酒，示意要我好好處理一下。

我嘆了口氣，伸出手準備拿起酒杯時，云芝的動作比我更快。

「跟妳鬥嘴鬥到口渴了，一杯請我喝吧，林小姐。」

「我跟妳乾杯。」云芝的男朋友拿走另外一杯，笑著和云芝杯碰杯。

我看著這一對其實還算貼心的活寶，有抹溫暖的笑意，緩緩從唇角漫延開來。

毛蟲的婚禮是走溫馨浪漫的風格，新娘與兩方的媽媽講了許多動人、感性的話，搭配上現場播放的音樂，和兩個新人以相片及文字剪輯出的影片，有好幾次，我的鼻頭都酸酸的，拍手也拍得特別用力。

「喂，云芝，我以後的婚禮也要辦得像這樣。」

我撞撞云芝的肩膀，小聲地對她說。

「我才不要。」云芝一副沒什麼了不起的表情。

「爲什麼？妳不覺得很浪漫嗎？」

「講一堆廢話幹麼啊？要是我，我就來辦個『喝酒喝到飽，拚酒不輸人』的婚宴，讓大家不醉不歸。」

「酒鬼！」

「一生一次耶，不喝酒慶祝實在太對不起自己了。」

「那我怎麼辦？我對酒過敏耶。」

「妳紅包來就好，人沒來沒關係，我們老交情了，我不會跟妳計較。」

「沒良心！」

「沒良心就不會丟紅炸彈炸妳了啦！」

「好啦好啦，妳怎麼說怎麼對啦，我說不過妳，我閉嘴囉。」

云芝望著我嘻嘻笑，下一秒，又轉頭和她男朋友交頭接耳，竊竊私語起來。

看著他們兩個人，感受四周圍幸福歡愉的浪漫氣氛，我突然感到寂寞起來。

當別人的幸福愈完整美好，我就愈感受到自己心裡的殘缺貧瘠。

當初，我也擁有他們所擁有的幸福快樂，只是那個曾經讓我笑得開心的人，如今已經不在我身旁了。於是，過往的那些美好歲月，變成我心底的一個缺，一個永遠也填不起來的缺。

那個人不只離開了，還啃蝕掉我部分的世界，我，再也不完整了。

✡當別人的幸福愈完整美好，我就愈感受到自己心裡的殘缺貧瘠。

✤

宴會結束後，云芝跟我們道別，說她還要和她男朋友去趕攤，今晚不一定會回家，叫我睡前記得鎖門，不用等她。

「路上小心喔，梁禹浩，保護好你女朋友啊，別讓她喝多了。」

我不放心地再次叮嚀。

「放心，絕對不負妳所託。」梁禹浩微笑著，一隻手很自然地攬住云芝的肩頭。

送走他們後，嚴毅看看我，問：「回家嗎？」

「嗯……我們去散步好不好？剛才吃好飽，我想去走走。」

「好，上車。」

上了車，我挑了一片自己想聽的ＣＤ，播放後，開始和嚴毅東扯西聊。

「喂，妳猜猜，今天是什麼日子。」

嚴毅突然沒頭沒尾地冒出這句話。

「毛蟲結婚的日子啊。」

「也……對啦！但我指的不是這個。」

「那是什麼日子啊？」我偏著頭，仔細回想，「不是你生日啊，你生日早就過了，也不是我生日啊。耶誕節……還沒到！情人節……這不干我們的事！兒童節……離我們太遙遠了！重陽節……我們還沒那麼老……啊！嚴毅，我不知道啦。」

「是我們認識兩周年的日子。」

「哇，眞的假的？」

只是……這種日子有什麼好記住的？嚴毅未免也太認眞了吧！

「突然覺得時光飛逝得讓人感到好可怕。我認識妳的時候，妳還是個忙著蹺課的學生，現在已經是每天趕九點打卡的上班族了……」

「喂，等等等等，我對你那句『忙著蹺課』很有意見喔！我哪有忙著蹺課？」

「喔，對！妳沒有忙著蹺課，妳是忙著傷心，忙到沒時間去上課。」

「我哪有啊？」

見我嚷嚷著否認，嚴毅看了我一眼，抿嘴淺笑。

最傷心的那段時光，是云芝和嚴毅陪我走過來的。

云芝本來性格就很俠女，所以她總是在我面前罵李德銓，偶爾也會罵罵我，罵我不爭氣，被一個爛人搞得人不像人鬼不像鬼，超瞎的。

嚴毅和云芝不一樣，他從來不曾厲聲罵過我。看我心情不好時，他只會安靜地陪著，有時是陪我走一段路，有時是買兩瓶玻璃罐裝可樂，插上吸管，坐在一旁陪我喝。

他對我說過最重的話是，「妳老是把自己封閉起來，不讓任何人靠近妳，這樣要我們要怎麼幫妳？失去了，並不是什麼可悲的事，妳沒有必要每次都把自己弄得可憐兮兮的，如果妳連自己都放棄了，那我們也只好放棄妳了。」

就是這番話把我拉出來的。

害怕失去嚴毅這個朋友，所以我強迫自己走出來，強迫自己收起眼淚，堅強起來。只是，不管我再怎麼堅強，卻總是輕易就被李德銓隨隨便便的一通電話或簡訊徹底瓦解。

「我覺得自己好沒用。」

有一次，我漫無目標地在路上亂走，被出外買東西的嚴毅碰見。當他拉住我時，一直被我鎖在眼底的淚水，也在看見他的那一刻瞬間被解鎖了。我哭得一塌糊塗，邊哭邊這樣對他說。

那次，是因爲我接到李德銓的電話，他說他心情不好，想要找人聊聊。

我去了，在寒風陣陣的嚴冬夜裡，陪他坐在路邊階梯上，聽他傾訴他和他女朋友之間的爭吵過程，我安靜不說話，替他覺得委屈難過，心疼他的遭遇。然後他的手機響了，幾秒鐘後，他匆匆向我道別，朝他來的方向迅速跑去。

其實，他不用說，我也知道電話是誰打來的。

剎那間，我覺得自己真的很悲哀，我跟李德銓的女朋友，在他心中的重要性落差如此明顯，我卻還巴望著有一天他會回頭。

傻傻等一個不可能有結果的故事，呆呆地做著不可能會重來的夢，還騙人家說我認清了、長大了、不會再笨了。

其實，我身陷在那座愛情囹圄裡，根本不想走出來。

我在極度悲傷的時刻，遇到拎著消夜的嚴毅。

嚴毅什麼話也沒說，他只是牽著我的手，帶我回他家，泡了一杯熱咖啡塞進我的掌心裡。

「握著，手會暖和一點。」他說。

然後，他遞給我一條乾淨毛巾，「真的忍不住的話，就放聲哭一哭吧。憋著真的不會比較好。」

那一夜，我沒有回家，在嚴毅家的沙發上哭累了，睡著了。

車子滑進便利商店外的停車場，嚴毅沒問我想不想吃什麼，逕自下車走進便利商店，不多久又出來，手上拿了兩瓶玻璃瓶裝可樂。

上車後，他遞一瓶給我，「還喝得下嗎？」

「當然。」

他把自己那瓶可樂放進置杯架，繼續上路。

我握著沁出冰涼水珠的可樂瓶身，啜了一小口含在嘴裡，感受氣泡在我口中跳躍綻開的刺麻。

「哇啊，好讚。」

嚴毅沒看我，也沒說話，但我能感覺他在笑。

我看著嚴毅的側臉，想起他說二十五歲女生擁有致命吸引力的論點，突然很想知道，現在的他是不是依然喜歡二十五歲的女生，還是，照舊地欣賞著那些年齡永遠比他大的女生？

「看什麼？」

正忖度到底要不要開口詢問，爲我的疑惑找到解答，就被嚴毅抓包我正望著他的側臉發呆。

「沒事。」我若無其事地轉過頭，學他正視前方，還是忍不住提問：「嚴毅，你說過，很多男生都有二十五歲情結，我很想知道，現在的你，是不是依然會喜歡二十五歲的女生，還是……」

毫無困難地講出這些話後，我卻艱澀地停滯住後面的話語，不知道該用什麼樣的詞句才能完整表達。

「嗯。」

我猶疑地睜大眼，「嗯」是什麼意思？

「什、什麼？」

嚴毅綻開笑，扯著淺淺上彎的唇線，說：「還是喜歡二十五歲的女生啊。」

如此直言無諱的回答，卻像投擲什麼過來，在我心底漾出一圈又一圈的漣漪。

心臟，莫名地縮緊，呼吸，靜止了一秒鐘。

我覺得自己好神經病。

嚴毅只是說他還是喜歡二十五歲的女生，又沒有說他喜歡的是二十五歲的我，我在窮緊張個什麼勁？

「怎麼？」

「啊？」

「妳問我這個做什麼？」

「沒、沒有啊，就……就隨口問問啊，哈哈哈……」

我乾笑了幾聲，懊惱自己好白痴，好像把氣氛弄怪了，沒事怎麼會問這麼奇怪的問題啦？嚴毅喜歡幾歲的女生干我屁事？反正不管他喜歡的女生是幾歲，對象都不會是我啊，眞不曉得自己在那裡笨什麼！

✡偶爾我也想探索你心裡的世界，想知道總是笑著鼓勵我的堅強的你，是不是也有脆弱、需要人陪的時候。

❈

我常有種嚴毅好像跟我認識很久的錯覺，那種感覺很難說明。

云芝說，有些人，就算你認識十幾二十年，天天都見面，他的世界依然有某些部分是你永遠也無法觸碰的。

但有些人，就算你們相識的時間很短，也不是天天相處，你就老是有好像已經認識他一輩子的默契。

嚴毅給我的感覺就是後者。

有些話，我不用說，他就能懂。有時一個眼神、一枚笑容、一聲嘆息、一次皺眉，他就能明白我想表達的意思。

就好像此刻。

嚴毅從後車廂拿出一件冷氣薄毯披在我身上。

這件薄毯是嚴毅幫我準備，我的專屬小毯子。因爲我常不小心在他車上睡著，或者突然在他沒寫稿的夜裡，邀他去散步或看夜景。

大概是有一兩次，我在看完夜景的隔天，就一整個弱掉地直打噴嚏兼流鼻水，嚴毅看不下去我的兩光體質，於是幫我準備了一件冷氣毯，上面還是我最喜歡的 kiki&lala 的圖案，超可愛。

席地而坐，我們肩並著肩，看著遠處的流金車河，三月天，夜裡依舊夜涼如水。

我跟嚴毅聊起最近公司發生的人事調動問題，還有一個老是看我不順眼的小組長，總是想盡辦法挖洞讓我跳，大大小小的事件全都像約好了一樣，一個接一個地連環爆開，搞得我有些不快樂。

「妳必須去衡量，那些阻力有沒有可能會是妳以後的助力。有時候，生命中的一些小挫折，是增加妳人生歷練的最好方式，那些阻礙妳的人，是在幫助妳成長，那些出奇不意的突發事件，是在考驗妳的應對能力。」

「嚴毅……」

我把下巴靠在弓起的膝蓋上，嘟起嘴，偏頭看他。

「你不要講什麼大道理給我聽，我需要的，是你陪我一起咒罵他們，我想要的，是一起大叫的暢快。」

嚴毅聽完，只是笑，然後他站起身，走到他的車旁邊，開了後車廂，拿出什麼東西後，又關上車廂。

「咒罵他們，會損自己陰德。」他重新坐回我身旁，看我一眼，「大叫，傷我們的喉嚨，我覺得兩種都不是很好的方法。」

「嚴毅，你怎麼變得這麼掃興？你這樣很不嚴毅喔，一點都不像我認識的你。」

我有些埋怨地又翹高嘴。

「妳如果用狠毒的字眼咒罵別人，也很不林毓昕啊，妳本來就不是會說出什麼尖酸刻薄的話的人，所以……」嚴毅伸出偷偷背在身後的手，在我面前攤開，笑得溫暖好看，「心情不好的時候，就吃點甜的東西吧。」

「哇！甜甜圈！」我的壞心情一下子煙消雲散，抓起一個裝著甜甜圈的袋子貼在胸口，馬上笑得開心，「你什麼時候去買的？我怎麼都沒發現？」

「驚喜當然要神祕一點才能製造效果呀，怎麼可以讓妳發現？」

我咬了大大一口甜甜圈，灑在麵包上面的糖粒緩緩地在我舌尖上融化，甜蜜蜜的滋味，瞬間將飽滿的幸福感塞進心臟裡。

鼓鼓的、漲漲的，宛如坐在不斷往上爬升的雲霄飛車上，滿滿都是快樂的感受。

「啊，我開始有幸福的感覺啦。」

我瞇起眼，笑得既滿足又欣喜，講完，又大大咬了一口甜甜圈，然後含在嘴裡細細咀嚼。

「感覺幸福就好。」

嚴毅的聲音低低沉沉的，在這樣的夜裡，聽起來好有磁性。

「這個世界上，本來就有很多不美好的事隨時隨地在發生，但是不管心情再怎麼低落，也絕對不可以放棄自己的人生。生命是用來珍惜的，不是用來浪費的，所以，心情不好時，就找方法讓自己開心起來，不要讓那些會影響心情的事物，佔據太多我們珍貴的時間。」

「嗯。」我點頭。

「聽進去了？」

「嗯。」

「所以，以後心情不好，不會再埋在心裡胡思亂想，會找我倒垃圾了？」

「嗯。」

「所以，妳打不打算說說眞正讓妳心情不好的原因？我覺得妳說公司的事，應該只是煙霧彈，妳不太會爲了公司的事心情不好很久，妳事業心沒那麼重。」

「嗯。」

「所以？」

嚴毅轉過頭來，看我。

「所以……」我笑著，一把搶了他還拿在手上，一口也沒咬過的甜甜圈。「所以，你如果要一直說話不吃的話，我不介意幫你吃掉。」

說完，我迅速咬了一口。

「喂！那是我的耶。」嚴毅揚聲發出沒什麼氣勢的抗議。

「管你，我咬過了就是我的。」我口齒不清地說，想想，又把咬了一口的甜甜圈遞到他面前，大方地說：「不然分你咬一口，免得你說我小氣……不過只能一小口喔，太大口我會生氣喔。」

「太大口會生氣？喂，妳搞清楚，這是我買的耶。」

嚴毅毫無慍色，還是維持一貫好脾氣的招牌笑容。

「現在跟我計較這個？」我看看他，又看看甜甜圈，兩秒鐘後繼續說：「好！收回。你錯失良機了。」

然後我繼續吃著嚴毅的甜甜圈。

嚴毅不再接腔，逕自起身，又去開了後車廂。再回來時，他手上又多了一個甜甜圈。

我傻眼地望著他和他手上那個甜甜圈。

「早料到妳會這樣。」他笑，晃晃手上的塑膠袋，「這叫兵不厭詐。」

「也太奸詐了吧！」

「接下來的事會更奸詐。」

「什麼？」

「這樣……」嚴毅說完，馬上大大口地咬了一口他手上的甜甜圈，然後把他的甜甜圈遞到我面前，「要不要也來一口？妳咬大口一點沒關係，我不小氣。」

我撇過頭，「我才不要。」

「真的不要？」嚴毅笑出聲，玩小孩似地逗我，「確定不要？要不要再考慮一下？是甜甜圈喔，妳喜歡的甜甜圈耶。」

「不要啦。」我推開他的手，「我自己也有啊，而且吃那麼多，變胖了怎麼辦？萬一沒人娶，你要養我喔？」

我話一說完，才意識到自己說了什麼，但說出去的話像潑出去的水，早已經來不及回收。

「好啊，我養妳。」

嚴毅依然笑笑的，用輕如寒蟬羽翼般的輕透聲音說著，但那些話，鑽過我的耳膜，落進心底時，卻有了沉甸甸的重量。

沉甸甸的，幸福。

✡幸福，是一種抽象的感覺，無色無味無形體，我們卻能真實感受它的存在。

✤

在那天之後，嚴毅莫名其妙地消失了。

其實準確地來說，他並不是眞的不見了，而是我沒有主動找他，他也沒打電話給我，於是，我和他短暫失聯了。

也許是又忙著寫稿吧。

每當想起他時，我總是這樣告訴自己。

初遇嚴毅的時候，我失戀，他失落，我們都處於人生的低潮期。

那一陣子，嚴毅正歷經他創作以來最嚴重的天人交戰。

在新人輩出的網路小說市場，嚴毅總是溫暖平和的故事內容，逐漸被那些情節灑狗血，商業性強網路小說取代，他從暢銷書排行榜的常勝軍，變成偶爾才會跟暢銷榜沾上一點點邊的二軍網路小說作家。

我能明白他從雲端跌落地面的痛楚，就算他只是輕描淡寫地傾訴，我仍能清楚看見他微笑背後的無奈與傷痛。

「也許有一天，你會再爬起來，爬到那個屬於你的位置上，甚至超越。」

第一次聽他說自己的故事時，我記得我是這麼安慰他的。

其實我並不知道他能不能再爬到最風光時的位置，但我覺得像他這麼好的人，一定會有福報的。

雖然他的福報不一定是反應在他的書籍銷量上。

「那很難。」嚴毅直言不諱，扯著幾乎沒有情緒的淺淺微笑，「所以我很掙扎，這條路到底要不要再走下去。」

「當然不可以放棄啊。」

我想都沒想，直接回答他。

「爲什麼？」

「呃……因爲……因爲……」

我著急地在腦袋裡想著到底要怎麼回答他。突然，我腦中靈光一閃。

「啊！因爲許云芝她很喜歡看你寫的小說啊，她說她高中開始就一直在網路上追著你的小說跑耶，每次你在ＢＢＳ連載，她就每天都去追看看你有沒有新進度，有時還會很入戲地生氣或哭喔。」

我頓了頓，見嚴毅並沒有接話的打算，就接下去說。

「所以，當我們在信箱裡拿到你的小說，云芝眞的超級開心，她說你的書是她的精神糧食，那時她可以一直看你的小說，看到連飯都不吃也沒關係。嚴毅，所以你並不是自己一個人啊，你還有支持你的讀者，雖然他們都沒出聲，但那並不表示他們不存在，我相信在這個世界上，一定還有很多很多像云芝這樣的人在默默支持你，眞的！」

不知道是不是我的話眞的起了作用，或是嚴毅只是發發牢騷，其實並不眞的要放棄他最愛的創作……總之，在那之後的兩個星期，嚴毅就開始寫新故事了。

「反正，過程最重要，就算喜歡我故事的人只是少數，只要他們還願意看，我就繼續寫，寫得開心最重要。」

最後，嚴毅這麼說。

而事後也證明，慢慢改變寫作風格及表述方式的嚴毅，部落格裡漸漸湧進了一些留言鼓勵他的新讀者，之後出版的新書，也重新回到暢銷書排行榜上。

雖然距離他最風光的時期還有一段不小的差距，不過，跟前陣子的人生谷底比起來，這樣的改變，已經大大進步了。

沒有嚴毅相伴的日子，終究還是在忙碌的工作與不斷跟公司小組長見招拆招中飛快溜走。

嚴毅再出現，已經是三個星期之後的事。

「跑去哪裡了？」

當我從公司大門走出來，意外在路邊看到那部我熟悉的白色轎車，以及放下車窗，坐在車裡對我笑得和煦良善的嚴毅時，心臟竟莫名其妙地揪緊了一下，接著，是瞬間飆升的喜悅。

我跑過去，對他扯開一個最開朗的笑容。

「去北京。」

嚴毅用稀鬆平常的口吻回答我，那方式，就像他對我報告他晚餐吃了什麼東西般平常。

「去北京做什麼？」我很自然地走到他的車旁，開了車門就坐進去，等到嚴毅繫好安全帶，我才繼續問：「要玩也不找我，我還沒去過大陸耶！」

他發動車子，開動後，才說：「不是去玩，是去談工作的事。」

「談什麼工作的事？」

「出版的事。」

「啊？」

「那邊的出版社對我的東西有點興趣，所以我跟這邊出版社的人一起過去跟他們聊一聊。」

我應該要替嚴毅開心的，可是不知道爲什麼，心底卻掠過一絲不安。

「……所以，你以後很有可能會常常往北京跑？」

嚴毅聽我講完這句話，掉頭過來，奇怪地看著我。

「幹麼啦？」我被他看到慌張起來，連忙移開眼睛，躲掉他的注視，嘴裡嘟噥著，「你這樣看我很奇怪耶！把人家搞得都緊張起來了。」

「我爲什麼要常常往北京跑？」

「如果你的書以後在那裡出版，那你不是得常常去嗎？」

嚴毅聽完，笑了。

然後，他伸出手來，還是用摸「小金」的方式摸我的頭，說：「怎麼幾星期不見，妳還是一樣呆啊？」

我拍掉他的手，不服氣地回他，「我哪有呆啊？明明就很聰明好嗎？你不在的這段期間，我們小組長眞的很機車，處心積慮要陷害我，還好本人夠機靈，隨機應變地兵來將擋、水來土淹，才沒讓她得逞耶。」

「要我幫妳拍拍手嗎？」

「不要。」我說：「你專心開車，我不希望我的生命受到威脅，所以你安分地把你的手放在方向盤上，不要讓我擔心受怕了。」

嚴毅抿嘴淺笑的樣子，看起來很有氣質，好帥！

我偷偷看著，不知道是不是因爲三個星期沒見到他，總覺得他好像哪裡不一樣，又沒辦法確切指出他到底是哪裡改變了。

「所以，你以後……」

「不會。」我話還沒說完，嚴毅就直接丟答案給我，「我這次只是去走走看看，順便認識一下對方出版社的總編輯及他們的團隊，至於簡體版的出版問題，是由這邊的出版社和他們談，我不用插手。」

「所以……」

「所以妳可以放心地繼續使喚我，心情不好時，還是可以找我去看夜景或散步，想要人陪時，依然可以一通電話隨傳隨到。」

嚴毅說著、笑著，我的心底於是流過一道暖流，暖暖的溫度熨燙在心上，也漫進眼窩裡……那是一種被珍惜的感動。

彌足珍貴的感動。

✡如果，愛情也可以隨傳隨到，那這個世界上傷心的人是不是就會少了許多許多？

第二章・怯懦

嚴毅，你是不是偶爾也會有怯懦的時候呢？我覺得我很嚴重。

我承認自己是個膽小的人，在很多方面都是。

不是不想勇敢一點，而是勇敢不起來。

比方說，明明知道渴望得知的解答就在前面，只要再往前踏出一步就能揭開謎底，卻又害怕得到的答案不是自己想要的那一個，於是寧願讓自己像隻鴕鳥似地把頭埋進土裡，也不願意勇往直前。

又比方說，明明知道那個離開的人再也不可能回到我身邊，與我一起走在那條名為未來的路上，卻還是不願意當機立斷地把他從記憶裡刪除，擔心害怕只要這麼做，我和他之間，就真的只剩空白一片，彷佛從來不曾經歷過。

人，真是既矛盾又膽怯的動物。

只想走最安全的路，做最安全的事，期待轟轟烈烈，又害怕渾身是傷。

所以最終只能在原地打轉，只能日復一日過著一成不變的生活。

嚴毅，如果你遇到了非常喜歡的女孩子，你還會像學生時代的你一樣努力追求嗎？

還是會和我一樣怯懦地守在原地，等一個內心期待得到的答案出現呢？

嚴毅，我希望你是勇敢的！

畢竟，在這個世界上，所有的事情都不可能重來。

包括青春、包括流走的歲月、包括那些快樂悲傷的瞬間。

當然還包括喜歡一個人的心情……

在我生日的前一天，李德銓打電話給我，說要約我吃飯。

老實說，我很震驚。

這不是我們分手後他第一次約我吃飯，不過，卻是我們分手後，他第一次主動開口要幫我慶祝生日。

「……不大好吧？」

我沒有馬上答應他，儘管心跳加速到已經快破表，兩隻腳也完全不受控制地輕微顫抖起來，還得不時地把手機拿遠一點，才不至於讓他聽見我偷偷深呼吸，試圖平穩說話語氣的聲音。

沒有馬上答應，是因爲顧慮到萬一這種事被他女朋友知道，肯定會引發一場戰爭，況且，他女朋友還是我學妹呢！算來，我和她共同認識的朋友數量也有相當程度，當初她橫刀奪愛，已經讓她的形象大傷，我算被害者，在朋友之間獲得不少同情票數。

但現在李德銓把小三扶正成正宮，萬一被其他人看到我和他出去吃飯，那我這個昔日正牌女友不就被打入狐狸精小三的萬丈深淵，揹負破壞人家情侶感情的黑鍋？

啊，怎麼想就是覺得不妥。

「就只是吃個飯啊，我們很久沒有聊一聊了耶。」

李德銓的話，對我來說始終都具有一種奇異的魔力，不管他說什麼，我總提不起勇氣拒絕。

云芝說，我前輩子大概是倒了李德銓的會，這輩子才會對他百依百順到幾乎人神共憤的境界。

「……可是……可是我……」

我一面抓頭髮，一面努力想找個完美一點的藉口來拒絕他。但好像愈急，腦袋就愈是一整片空白。

「我們也算是老朋友吧？林毓昕，別這樣，就讓老朋友幫妳慶生一下嘛！吃個飯而已，應該不是什麼過分的要求吧？」

「……好吧。」

最後，我還是妥協了。

電話掛斷後，我差點咬舌自盡！

爲什麼總是學不會拒絕呢？我已經不是他的槲寄生了，但爲什麼只要一聽到他的聲音，我就整個人又忍不住依賴起來呢？

我覺得自己好差勁啊！

我的悶悶不樂，在晚餐時刻引起嚴毅的關心。

「妳幹麼？這盤丼飯跟妳有仇？」

「沒有啦。」

我拿湯匙在盤子裡東撥一下、西攪一下，沒什麼胃口地把一塊肉舀進嘴裡，洩恨似地用力咀嚼。

「嚼那麼用力做什麼？」

「專家說，食物要在嘴裡咀嚼五十下才能吞下去，這樣比較不會引起消化不良的問題。」

「喔？什麼時候變得這麼有知識啦？」嚴毅笑笑看我，繼續問：「哪個專家說的？」

「林專家毓昕小姐。」

嚴毅噗哧一聲笑出聲來。

「心情不好還能這麼幽默？林專家毓昕小姐，妳功力真的是愈來愈好啦。」

我瞄了他一眼，冷冷回答，「不好笑。」

嚴毅聳聳肩，又吃了一口飯。咀嚼吞下後，他才緩緩開口，「怎麼了？」

「沒事。」

「沒事不會是這種表情和這樣的講話方式。」嚴毅夾了一朵青花椰菜放進我碗裡，繼續說：「到底怎麼了？」

「我不想說。」

我莫名其妙地彆扭起來，嚴毅倒是見怪不怪地笑了兩聲。

「不想說就不要說，但記得找方法發洩一下，藏在心裡，會發霉的。」

最後，整頓飯就在我的陰陽怪氣中結束。

一直到嚴毅要送我回家時，坐在他車上，我才肯把那件使我心情不好的鳥事透露給他知道。

「妳其實可以拒絕啊，又不一定非答應他不可。」

聽完我的簡述，嚴毅露出「這根本就沒什麼，心情幹麼要不好」的表情。

「我當然知道可以拒絕啊，問題是……問題是我真的不知道要怎麼拒絕他嘛！他簡直就是我的剋星，就算我閉關修練個五十年，也不一定能抵抗得了他呀！」

「其實妳只要對他說，對不起，我有約了。就這麼簡單，很難嗎？」

「如果可以這麼簡單地說出口，我難道會願意讓情況變複雜嗎？」

我討厭嚴毅以旁觀者的角度看這件事。任何一個人以第三人的觀點看這整件事，當然都覺得簡單啊。但問題是我是當事者，而對方是我的前男友，我們的愛情在我還愛著他的時候乍然結束，而且我們之間的癥結點在於就算我跟他已經分開兩年多，我卻還沒從過去的傷痛中完全走出，依然泅游在那段又幸福又痛苦的時光流域中，依然愛著他。

因爲還愛著，所以沒辦法拒絕。

李德銓是我的罩門，一直都是。

嚴毅嘆了一口氣，長長的、無奈的。

「妳這麼做，是在傷害妳自己。」他說。

「我也不想這樣子啊，可是我有辦法嗎？」

我的口氣有些衝，可是話到了嘴邊，不說又不暢快，一張嘴，就劈里啪啦說起來。

「我就是還喜歡他啊！我能怎麼辦？我也很不想這樣呀，每次只要想到他跟別人在一起，我就忍不住嫉妒到要發瘋。他本來是我的耶，結果被學妹搶去了，我卻只能默默承受，除了哭，什麼也不能做，這不是很不公平嗎？那種感覺，就好像你一直珍惜的玩具突然被一個從路邊衝出來的人搶走，你只能眼睜睜看著對方開開心心地抱著你的玩具離開。那種無能爲力的感覺很爛，偏偏你又搶不回來，所以只能哭，不斷不斷地哭，想像眼淚也許能夠幫你洗滌傷心，又不小心陷入更深沉的傷心裡……」

我一說完，才發現自己的眼眶濕濕熱熱的，要是再多說一句話，我也許就會哭出來了。

「所以……我要怎麼幫妳呢？」

「……我不知道。」

「把妳的手機給我。」

嚴毅朝我伸出手。

「幹麼？」

「我幫妳打電話給他。」

「打給他做什麼？」

「既然妳沒辦法拒絕，那就我來幫妳拒絕啊。」

「這種事不用你雞婆吧。」

大概是我不經大腦說出口的話傷害到嚴毅了，送我回到家的一路上，他完全沒再開口說過一句話。

分不清是心虛還是自責，我也不敢再找他說任何話。

我們就這樣沉默地僵持著。

「再這樣下去，妳只會毀了妳自己。」

在我下車準備關上車門前，嚴毅突然開口。而這句話宛如一把箭，冷冷地射進我的心臟。

✡人生中，總有許多事讓人無能為力，一如我對你始終如一的喜歡。

隔天，我在和李德銓約定的時間抵達餐廳。

我到的時候，李德銓早就已經坐在裡面了。見我現身，馬上起身對我招手，很紳士地幫我拉開椅子讓我坐。

我訝異於他的改變，以前他不會這樣的。

他跟我都是隨性的人，從前在一起時都還是窮學生，總是吃路邊攤，也不會管椅子髒不髒，反正只是用來坐的，弄髒了牛仔褲也看不出來。

大概是我臉上驚訝的表情太明顯，李德銓走到我對面的位置坐好後，笑著向我解釋，「雅伶喜歡男生展現紳士風範，所以吃飯時要幫女生拉椅子，坐車時要先幫女生開車門，進出餐廳時要幫女生推開餐廳大門……她喜歡被當成公主一樣。」

「嗯。」

我微笑，心裡酸酸的，哪個女生不喜歡被人當公主呢？可是以前在一起時，因爲我愛你，所以寧願讓自己當女傭；因爲我愛你，所以椅子我自己拉、車門我自己開、餐廳門我自己推；因爲我愛你，所以吵架時，我永遠都是先說對不起的那一個……那全都是因爲愛，就算受點委屈也沒關係，只是你卻不知道要珍惜。

點完餐，在等待餐點上桌的空檔，李德銓從一旁拿出一只粉色手提紙袋，紙袋上還綁著淺紫色的緞帶花。

「生日快樂。」他說。

我還猶疑著到底要不要接受，他就把提袋放到我面前，笑得十分好看。

「那個，我……」

「收下吧！這是一個老朋友的祝福，妳該不會連這點面子都不給我吧？」

我又無力抗拒地妥協了。

好像眞的完全沒辦法拒絕他，只要有一點點猶豫，他隨便幾句話就能輕易讓我點頭。只要想著要狠下心對他說「不」，他一個眼神、一個微笑，就能徹底瓦解我好不容易撐起來的銅牆鐵壁。

我在李德銓的鼓勵下拆開緞帶花，拿出他爲我挑選的禮物。

寶藍色的盒子裡，是一條銀色手鍊。

並不是什麼造型別緻的飾品，就只是一條簡單的鍊子，上頭有三顆玫瑰金顏色的愛心串飾。

看它靜靜地平放在絨布盒裡，我的眼眶有了欲淚的衝動。

「我一直記得妳說妳喜歡這條鍊子，卻始終沒有買給妳。」李德銓的聲音輕輕的，很溫柔地說著，「前陣子不知道爲什麼，妳當時在櫥窗裡看見這條手鍊的驚喜表情，一直在我腦袋裡盤旋，偏偏當初我們發現這條手鍊的店已經不賣這條鍊子了，所以我跑了好幾家店，才終於找到。」

我咬著嘴唇，努力不讓潮濕的眼眶滴出淚。

「你其實可以不用這麼費心的。」

「我沒有費心，我只是聽我心裡的聲音，做我想做的事。」

我看著他，完完全全能感受到他的改變……也為他的改變而傷心。
讓他變得更好的人是楊雅伶，我們感情的掠奪者，不是我。
原來，有一種愛情，是可以叫人甘心變成一個連自己都意想不到的模樣啊。
原來，相愛是一種緣分。就算再傾心，愛情，也只是可遇不可求的機會或命運。

服務生開始上前菜，李德銓點了水果沙拉，自己卻不吃，推到我面前。
「這個給妳吃。」
「你吃啊，我有。」我指著自己眼前的沙拉。
「妳喜歡吃水果沙拉，這裡的水果沙拉很好吃，所以我的給妳吃。」
幹麼要對我這麼好？
我不再推辭，反正也只是無效的掙扎而已，最終我還不是會乖乖聽話？所以乾脆就不浪費彼此時間，直接接受他的好意算了。
「你跟我出來吃飯，雅伶知道嗎？」
用叉子叉起草莓放進嘴裡，味蕾感受到酸酸甜甜的滋味，讓人好幸福。我隨口問了這句話，卻讓已經用湯匙把濃湯舀進嘴裡的李德銓反應過大地嗆咳起來。

「怎麼了？」我連忙遞出紙巾，擔憂地看著他。

「沒事沒事。」李德銓咳到滿臉通紅，搖手示意他沒怎樣，還對我笑了一下。

我安靜地不再追問。倒是他，很快恢復鎮靜，用紙巾擦過嘴後，才又慢慢開口。

「我沒跟她說，不過就算她知道也應該不會怎樣吧！她不是沒度量的人。」

是這樣嗎？你真的確定她這麼有度量？李德銓，我覺得你太小看女人了，你不知道女人一旦打翻醋罈子，是會六親不認到完全不可理喻的地步嗎？

以前，我從不在李德銓面前吃醋生氣，就算他和別的女生靠得很近地說笑嬉鬧，我也從來不會責問他什麼。我不是沒神經，不是不在乎，我是相信他。

我媽說，信任，是維持一段感情的重要元素。

我始終把我媽說過的這句話奉爲圭臬。

一直到李德銓被別的女人拐走，我才發現我媽說的是一句屁話！

感情光靠信任是不行的。就像要維繫一段愛情，光憑感覺是沒辦法持久的，總是需要一點點的強迫和特意，才有辦法繼續走下去。

這些，都是李德銓和我分手後，我才知道的。

可惜，太遲了。

席間，李德銓有一搭沒一搭地跟我聊，一直到主餐快吃完時，他才進入主題，「毓昕，妳身邊是不是有不錯的對象？」

「啊？沒有啊。」我嘴巴含著叉子抬頭，一臉疑惑地望向李德銓。

有對象我還會出來跟你吃飯？別人不了解我沒關係，但你李德銓不能不懂我啊！你知道我向來對愛情是異常死心眼的，對自己喜歡的人死心蹋地到近乎喪失理智，失去任何判斷能力的地步，眼睛看得到的、腦袋裡想著的，全都是佔據我所有思緒的那個人。我是用如此虔誠專一的心態，在看待自己的愛情的。

李德銓看著我，欲言又止的模樣看起來很讓人心急。我不喜歡他這個樣子，那會讓我想到他劈腿後，決定跟我攤牌時，不知道該如何啓口的悲傷過往。

那道傷口至今依然清晰如昨，痛，還在。

猶豫了片刻，李德銓嘆了口氣，還是開口了。

「大概有兩三次吧！我看過妳跟一個男生走在一起，妳在他旁邊跟他說話時的表情看起來很幸福，在他身旁，妳微笑的樣子，是我沒見過的美麗。」

✡就算再傾心，愛情，也只是可遇而不可求的機會或命運。

回到家，已經是晚上十點多。原本以爲這個月上早班的云芝早就去睡她的美容覺了，打開門，才發現她正坐在客廳看電視。

「回來啦？」

云芝面無表情地瞟了我一眼，淡淡地說。

「嗯，妳還沒睡啊？」

我有點心虛，躲掉云芝的注視，急忙在門口脫下鞋子，放進鞋櫃裡。

云芝向來對我跟李德銓見面很感冒，她曾氣憤地在我面前數落過李德銓，她說：「那個爛人敢偷吃就不要不擦嘴，敢劈腿就不要還想吃回頭草！」

要是被她知道我今天是跟李德銓去慶祝生日，恐怕她會當場吐血，順便跟我絕交。

「今天跟誰去慶祝生日？」

啊！也太快進入主題了吧？我都還沒準備好說詞耶！

「朋……朋友。」

我像做壞事被媽媽抓到的小孩一樣，完全不敢抬頭，急急忙忙地只想躲回房間去逃避質詢。

云芝沉默幾秒鐘，才接著，「冰箱有個小蛋糕，是嚴毅買來的，他叫我祝妳生日快樂。你們兩個人怎麼了？吵架啦？」

「哪有啊……」

我的氣勢完全弱掉，云芝不是笨蛋，光聽我講話的語氣也知道我在說謊。

「沒吵架，怎麼他連『生日快樂』四個字也要別人轉達？」

云芝關掉電視，離開沙發走到廚房倒水喝，經過我身邊時，她說：「都幾歲了還鬧彆扭，妳以爲你們還是小學生啊？開開心心時就相約去逛街吃飯，一吵架鬧脾氣就避不見面，賭看看誰會先沉不住氣去找對方說話嗎？眞受不了你們耶。」

「我也很不想啊。」

我扁扁嘴，小聲又委屈地說。

「不想這樣，就不要跟人家耍大小姐脾氣啊！妳以爲他有權利義務要對妳好嗎？妳又不是他的誰！」

云芝講話向來犀利，直來直往的方式常令我招架不住。

「還有，離李德銓那傢伙遠一點，他不是什麼好東西，再跟他有牽扯，難保哪天妳又傷痕纍纍。之前的教訓還記不住嗎？人家是有『家室』的人，他女朋友也是個狠角色，再這樣糾纏下去，只會愈弄愈難看而已。」

原來云芝什麼都知道！

怔怔地看著云芝走回房間的背影，我突然覺得，云芝小小的個兒，為什麼能擁有無限龐大的氣勢？聽她說話，總讓人無力反駁。

她和李德銓不一樣，我是李德銓的槲寄生，所以對他說的話無可救藥地百依百順，但再怎麼聽話，偶爾也會有想要反抗的時候，雖然最後仍會不戰而敗。

可是，云芝不一樣。

云芝說的話，總是能準確無誤地直接命中要害，有時她只是淡淡的一句話，卻能在我心底掀起洶湧波濤，即使是輕描淡寫地帶過，也總能讓我在獨處時刻，不經意就想起她說過的隻字片語，放在心裡細細琢磨思量。

也許眞的該試著放棄了。這樣驚弓之鳥般等待李德銓偶爾的想念，老實說，很累。

就像在等一份不屬於我的幸福，舉目睇望，遙遙無期，始終只能看見模糊的輪廓，無法走近、不能觸摸。

只能遠遠地凝視。

隔天，云芝一早就去上班了，我則是放自己一天假，算是送給自己一個遲來的生日禮物。

從冰箱拿出嚴毅送來的小蛋糕，我怔怔地望著蛋糕上面那顆鮮豔欲滴的草莓，突然想念起嚴毅。

這個笨蛋！幹麼不直接打電話給我嘛！我又不是真的生他的氣。

那天我是心情不好，又不是故意要找他吵架，他是男生耶，真的這麼小氣巴拉地跟我計較？

我衝進房間，拿起手機，從通話紀錄裡找到嚴毅的號碼，看到他名字的剎那，原本滿溢的勇氣，卻在瞬間消弭殆盡。

突如其來的膽怯，讓我沒辦法按下撥號鍵。

該怎麼辦呢？

難道就這樣消極地等嚴毅突然想起我，然後打電話給我？那萬一嚴毅不打電話來呢？萬一嚴毅決定放棄我，不再當我的心靈導師，不再孤注一擲地拯救還泅游在前一段感情裡的我呢？

我好混亂喔……

整個早上，我就這樣游移在「要」跟「不要」主動打電話給嚴毅的選擇題裡，一面掙扎，一面又不願意浪費地一口接一口吃掉嚴毅送我的蛋糕。

只是，蛋糕都吃完了，我仍然沒個決定。

「數到三，再不打電話來，我就不管了。」我對著手機自言自語，「一……二……三……很好！你有骨氣！」

我頹然地丟下手機，心情很沮喪。

只好努力地找事情做，忙一點，或許就不會那麼難過，也不會胡思亂想了吧！

所以，我洗了浴室，把馬桶刷洗得異常光亮，還打掃過客廳，把雜誌架整理得像在書局販售般整齊，再把云芝跟我房間的被單、床罩、枕頭套都洗過一遍，拿到頂樓去晾曬。

一直忙到肚子餓得咕嚕咕嚕叫，才發現早已過了午餐時間。

明明很餓，但想了半天還是不知道該吃什麼好，只好隨手抓起零錢包，決定到街上逛一逛，順便看看有沒有什麼東西可以勾起我的食慾。

沒有刻意打扮，我戴了副膠框眼鏡、趿著一雙拖鞋，穿著T恤和一條家居五分褲，十足邋遢樣地搭乘電梯到一樓，再晃過管理室，向管理員伯伯打聲招呼，又閒話家常了一會兒，才一邊甩著零錢包，一邊漫不經心地走出管理室，腦袋裡還在轉啊轉的，想著到底要吃飯還是吃麵好。

初夏午後的陽光好刺眼，我瞇起眼，走在沒什麼人的公園小徑上，後悔沒帶陽傘出門，也忘記擦防曬，被太陽這一曬，肯定又要曬黑了。

「喂，去哪？」

一個聲音乍然在我耳畔響起，我被這個突如其來的聲音嚇了一大跳，按捺不住地尖叫出聲。

「喂，你嚇到我了。」

我拍著胸脯，鎮定情緒之後，發現嚴毅正一臉笑意地看著我，一張臉比這夏日陽光還耀眼。

「今天沒上班？」

「我放自己一天假。」

我看著他，眼一瞇，笑了。心情突然變得很好很好，好到想要大叫。

原來，我這麼在乎嚴毅！

大概是因為我這輩子從來就沒有這麼聊得來、這麼懂我的異性朋友，所以，我格外珍惜和嚴毅的情誼，就算偶爾會對他使點小任性，但我絕對沒有惡意，有時只是脾氣上來了，並沒有要傷害他一絲一毫的意思。

云芝說錯了，我並沒有把嚴毅對我的好當成是他的責任或義務，我也很努力地對嚴毅好，也很努力想要把嚴毅付諸在我身上的加倍還給他，更希望嚴毅能過得比我好、比我幸福。

在這個世界上，沒有誰有必要去對誰好，也沒有誰有權利去傷害誰。這些話，是嚴毅告訴我的。

✡所以，我快樂著你的快樂，幸福著你的幸福，只有這樣，我才能真的開心。

✣

「去我家吃火鍋吧。」陽光下，嚴毅彷彿會笑的眼睛彎成橋。

我看看他，用食指指著頭頂上烈日灼灼的大太陽，問道，「現在？」

「嗯。」嚴毅堅定點頭，舉高他手上那一大包購物袋，熱情邀約，「我剛才已經去買了一些火鍋料啦，不過好像買太多了，所以妳一起來吃吧。」

「會上火的。」

嘴裡唸著，我還是乖乖地跟著嚴毅往他家的方向前進。

「回來啦？這麼快就吃飽了？」

經過管理室，管理員伯伯笑容可掬地對我說，又對嚴毅點頭招呼。

「還沒。」我指著嚴毅，對伯伯說：「在路上被這位善心人士撿到，說要請我吃火鍋。」

「這種天氣吃火鍋？」

「嗯。」我用力點頭，再趴靠在櫃檯上，把頭湊到伯伯面前，小聲地說：「也不知道他在想什麼，就是很堅持要在這麼熱的大熱天吃火鍋，唉，現在的年輕人啊……」

一番話，把管理員伯伯逗得開懷大笑。

「妳好像對長輩都很有一套啊。」在電梯裡，嚴毅笑笑地看著我，說：「上次云芝她爸爸來，妳也把他逗得很開心。」

「有什麼好？」我並沒有任何沾沾自喜的心態，反而很哀怨地看他，「我才不要長輩緣好，我要的是異性緣啊。」

「……傻瓜。」

「幹麼說我傻瓜？我這樣的要求很過分嗎？」

「有人說妳異性緣不好嗎？」

「沒有人說啊。」我搖頭，認眞回答，「可是異性緣好不好，我自己可是有深刻感覺的！你看，我都幾歲了還沒有男朋友！時間是過得很快的，二十五歲是女生青春的分水嶺，一旦過了這個界線，老化的速度是以倍數計算的耶。到時候，就不是我挑男人，而是被人掛到拍賣網站上降價求售……說不定還會流標耶。」

「笨蛋！妳想這麼多做什麼？」嚴毅依然「小金式」地摸著我的頭，溫柔承諾，「大不了到時我把妳標下來嘛，不會讓妳被流標的。」

「眞的？」我睜大眼，感激地說：「你人怎麼這麼好啊！」

「嗯。」嚴毅點點頭，「我把妳標下來當我的女傭，放心，會提供食宿，福利也不會太差，還有勞健保。」

「欠扁！」

於是，嚴毅和我就這樣毫無芥蒂地和好了。

那天我們誰也沒提到前幾天吵架的事，誰也沒提到我生日那天，我跟李德銓去吃飯那件事，就像是事先講好的默契，我們努力遵守這個約定般，完全避開那些令人尷尬的話題，只聊些開心的事，完全不傷感情地鬥嘴，珍惜著我和他失而復得的友情。

吃過火鍋，我和嚴毅肚子很撐地癱在他家沙發上，兩個人很幼稚地搶遙控器選台。

我喜歡看偶像劇，嚴毅卻喜歡看談話性節目。

「不要看那個，那種戲哭過笑過後就忘了，妳根本沒辦法從裡面吸收到知識。」

嚴毅一面說，一面拿起遙控器切換頻道。

「喂，你寫小說的耶！不多看看別人想想自己，知己知彼百戰百勝，這樣要怎麼跟這個社會競爭？」

我一把搶過嚴毅還拿在手上選台的遙控器，把頻道又切換回去。

「看一下啦，說不定可以啓發你的靈感，這樣你馬上就可以寫出下一本書了。」

「我說眞的，這種東西只是妳們女生打發時間看的，實在是沒有教育意義。」

嚴毅不死心，搶不到我手上的遙控器，乾脆直接跑到電視機前，用手按螢幕下方的選台按鍵，還不忘繼續說服我。

我的鬥志被他激發出來，於是握緊手上的遙控器，努力把被嚴毅切換過去的頻道找回來。

「現在看電視就是在打發時間啊！而且我看電視是純娛樂，不想要什麼教育意義啦，那些知識啊、常識啊什麼的，我也都不需要，我只想看電視就好。」我說。

嚴毅又試了幾次，發現我非常堅持要看戲劇台後，他放棄了。

「妳啊，有時候眞的很固執，固執到簡直讓人嘆爲觀止。」

嚴毅又坐回我身旁，一臉被我打敗的表情。

「可是，太固執不好，這樣很容易吃虧。有的時候要練習放棄。有些事，放棄了不代表是認輸，有的時候，放棄是在給自己機會，讓自己能更快樂或更幸福的機會。」

我看看嚴毅，半晌才開口。

「嚴毅，身爲一個朋友，我對於你剛才的那些話，有某些深刻體悟。」

「什麼？」

「我深深覺得……嚴毅，你眞的老了！」我裝模作樣地嘆了一口氣，然後繼續說：「你已經到了一種年紀，不管話題是什麼，講著講著，不說些道理機會教育一下別人，話題就好像會接不下去耶。」

嚴毅愣了愣，隨即伸出手，以迅雷不及掩耳的速度拍了我後腦袋一下。

「臭丫頭，妳也不年輕了啊！不知道是誰，剛才還憂心忡忡地說二十五歲是女人青春的分水嶺喔……妳不要忘了，我們兩個人不過也才相差四歲而已。」

「差四歲就差很多了耶。」我不服氣地反駁。

「哪會差很多？」

「你看看，你在念幼稚園中班的時候，我才哇哇落地耶。你讀高一時，我還在念國小六年級……你說說，這樣不是差很多？」

「……伶牙利齒。」

「我哪有啊？」我舉手抗議，「我只是陳述一個事實，這不叫伶牙利齒！」

嚴毅見我一臉正經的認眞模樣，忍不住笑出來。

「好啦好啦，妳沒有伶牙利齒，妳只是在陳述一個事實，ＯＫ？」嚴毅雙手枕著頭，靠在沙發椅背上，盯著電視看了幾秒鐘，又開口，「喂，妳這個週末有沒有事？」

「幹麼？」

「我們去騎腳踏車。」

「你想騎喔？」

「我覺得我最近身體有點走下坡耶，大概是年紀大了，總覺得肺活量大不如前，每天坐在電腦前不是寫稿就是玩 game，頂多做做伏地挺身或仰臥起坐。前兩天去找一個朋友，他們家大樓電梯正好在維修，我只好走樓梯上樓，慶幸還好他只住在四樓，結果我才爬到三樓，整個人就完全弱掉地氣喘吁吁，只差沒斷氣。」嚴毅頓了頓，又接續話題，「所以……嗯，星期六我有事不行，那就星期日吧！星期日我們騎腳踏車四處去蹓躂吧，順便運動強身一下。」

我的猶豫只維持了五秒鐘，五秒鐘後，便朝他用力點頭。

✡能夠被珍惜，是一種運氣。所以，我珍惜和你在一起的分分秒秒，並期待永恆。

✣

星期日一早，我還在睡，嚴毅的電話就來了。

「起床沒？」

「還沒。」我翻了個身，把頭埋在枕頭裡，眼睛根本睜不開。

「我昨天不是跟妳說七點嗎？現在都七點半了，我讓妳多賴床半個小時了耶。」

「可是今天天氣不太好，外面陰陰的，沒有熱情的大太陽。」

「這樣才好。沒有熱情的大太陽，妳才不會被曬得頭昏眼花啊。記得擦點防曬乳，雖然沒有太陽，還是有紫外線的。」嚴毅殷殷叮嚀，「礦泉水跟早餐我都買了，妳不用再準備，給妳半個小時整理喔，八點在管理室外面見。」

不給我抗議或說再見的機會，嚴毅非常有效率地掛斷電話。

我只好非常不情願地從被窩裡爬出來，誰叫我沒事很重義氣地一口答應人家，說願意陪他運動強身？

迅速梳洗整裝完畢，經過客廳，要去儲藏室拿出那台我買了快一年卻騎不到五次的小折腳踏車時，看到云芝正坐在客廳看報紙。

「云芝，妳今天休假？」

「嗯，對。」云芝的頭連抬都沒抬起來，依然盯著報紙看。「不過等等還要去公司一趟，今天有個客人說要作臉。」

云芝大學跟我一樣是念國際貿易系的，不過畢業後，她完全學非所用地跑去應徵化妝品專櫃小姐，她說她喜歡把自己打扮得光鮮亮麗，也喜歡交朋友，所以化妝品專櫃小姐這個職業，完全符合她的需求。

「喔。」

「妳這麼早要出門？」

「對啊，嚴毅說要騎腳踏車運動強身，我只好捨命陪君子囉。」

「你們要去騎腳踏車啊……啊！等等。」云芝急忙站起來，衝回房間去，沒多久又衝回來，遞了幾包試用包給我，說：「這是我們公司新發售的防曬乳試用包，妳拿去擦看看。」

「可是我已經擦防曬了耶。」

「那就拿去幫嚴毅擦啊，男生也是需要防曬的。」

「喔，好啦，謝囉。」

提著小折走出管理室時，看見嚴毅穿著一身帥氣的藍，一望見我，就笑了。

「先吃早餐。」他晃了晃手上的三明治，遞給我後，又拿起一杯豆漿，插上吸管，塞進我手裡。

見我開始吃三明治，他學我坐在小公園外的花圃矮牆上，也一口一口地吃起三明治。

「啊，小黃瓜！」

我扳開土司皮，把夾在裡頭的小黃瓜一一挑出來，丟在嚴毅的三明治上。

「啊，我忘了跟老闆說妳那份不要加小黃瓜。」嚴毅歉然地看著我，又說：「可是偶爾吃點小黃瓜很好啊，可以美白耶。」

我轉頭瞪他一眼，他只好乖乖噤口，「好啦，當我沒說。」

吃完早餐，嚴毅跨上他的單車，問我，「好了沒？走了。」

早上云芝丟給我防曬乳時，提醒我「男生也是要防曬的」那句話，突然衝進我的腦袋裡。

「啊！嚴毅等等。」我急忙從口袋裡掏出防曬乳，遞到嚴毅面前，「你早上擦防曬了沒？」

「沒啊。」

「這個給你擦。」

「那是什麼？」

「云芝她公司新發售的防曬乳，她說男生也是要防曬的喔，快拿去擦。」

「可是……」

也不曉得嚴毅在猶豫什麼，我什麼都不想管，直接把防曬乳試用包塞進他手裡。

「快點擦一擦，我先試騎一下我的小折，好久沒騎了，不知它有沒有壞掉。」

說完，我連忙跳上我的腳踏車，繞著小公園外圍騎起來。

一面騎，還一面偷偷觀察嚴毅笨手笨腳擦防曬乳的模樣。

好奇怪！嚴毅這個人啊，明明長得還不錯，人又聰明溫柔也有才華，爲什麼就是沒有交女朋友的命？聽他說他大學時期曾經和一個女生過從甚密，已經到了「友達以上，戀人未滿」的階段，只要再往前踩出那一步，也許兩個人就能甜蜜交往。

但就在他鼓起勇氣向女生表白時，她卻告訴他，她早已經有了要好的男朋友，只是因爲她男朋友在服兵役，所以她才能天天和他廝混在一起，她還說希望以後兩個人依然是好朋友。

只是，她說完這句話的隔天，就開始疏遠嚴毅。

兩個人到最後連朋友都做不成了。

大概就因爲這樣，後來嚴毅就算遇到心儀的女生，也從不讓對方知道他的心意，他曾說：「與其要承受恐怕會失去的痛苦，倒不如就這樣守在對方身旁，分享她的喜樂與哀愁，當一輩子的朋友也好。」

我無法贊同他的說法，但老實說，我對李德銓，也是抱持著這樣的想法。

不同的是，我曾經擁有過李德銓。雖然現在失去了，但說不定哪一天，他還是會重新回到我身旁來。

所以，我不跟他交惡，耐心聽他傾訴他和她的爭執，不主動找他，安靜乖巧地等他偶一爲之的想念，當一個隱形的紅粉知己，不吵不鬧，不造成他任何負擔。

我如此委屈又心酸，扮演著這樣高度挑戰性的角色。

就算云芝再怎麼罵我、嚴毅再怎麼搖頭、心裡的理性面再怎麼說服自己放手，我依然故我，完全地沒救。

要是愛情可以說放手就眞的不再留戀，不知道該有多好。

但我就是做不到這樣的灑脫。我相信，在這個世界上，跟我一樣的人還有很多很多的。

「好了沒？」

我繞著小公園四周騎了快十圈，嚴毅還在那裡手忙腳亂地塗塗抹抹。我把單車停到他面前，看到他臉上東一塊西一片的白色乳狀物，忍不住笑起來。

「嚴先生，你除了會寫稿、玩 game，煮泡麵煮火鍋，和不斷對我說教之外，到底還會什麼啊？」

我把單車停好，站在他面前。

「頭低一點。」我說，然後開始幫他推開他臉上塗得不均勻的防曬乳，笑著，「我看你啊，眞的要去找個女生來照料照料你了啦，都幾歲了，你不急，你爸媽應該很急吧？再不去找個女朋友，再過兩年，不要說我，大概連你爸媽都會以爲你是同性戀了。」

嚴毅一反常態地安靜，沉默地讓我幫他抹勻臉上的防曬乳。

「幹麼不說話？」我的手還游移在他臉頰上，又笑著，「這個時候，你不是應該要很臭屁地回我，不是你找不到，是你還不想出手嗎？」

話一講完，我才大功告成地抬眼看他的眼睛。四目交接的那一瞬間，我好像讀到了什麼不一樣的訊息，從嚴毅的眼裡傳遞出來。

「……我覺得，其實我們這樣也很好，不用太刻意去找什麼女朋友，不用刻意經營的快樂，才是眞的幸福……」

單車上路時，嚴毅淡淡地說。

✡不用刻意經營的快樂，才是真的幸福。

✣

也許是嚴毅那句話在我心底發酵了，所以一開始騎單車時，我並沒有主動開口找他講話，就這樣默默跟在他身後，腦袋完全放空地踩著踏板。

假日早晨的高雄，像座剛要甦醒的城市，路上的人不是很多，倒是有些早起晨運的老伯伯，穿著白色汗衫，非常有活力地在人行道上慢跑。

我們兩個人一路從高雄市區騎到左營蓮池潭。

「毓昕……林毓昕……」

嚴毅的聲音鑽進我耳裡，我停下車，單腳抵地支撐住，掉頭循著聲音來源尋找嚴毅的身影。

「你、你什麼時候跑到我後面去了？」

奇怪！他不是在我前面嗎？還是我一路腦袋放空，以致於沒注意到他已經放慢速度，還自己一直往前騎？

「妳騎得很專心嘛，連我停下來妳都沒注意到。」嚴毅丟了一條毛巾給我，說：

「要不要休息一下？」

拿了毛巾，才發現我身上有一大半衣服已經被汗濡濕，額頭和鼻尖也全冒著一顆顆小汗珠。

「嗯。」

我點頭，跳下車，把我的小折牽到嚴毅身旁，和他的腳踏車並排放好。

「很強嘛妳，沿路都沒聽妳喊累喊腳痠。」

接過嚴毅遞過來的礦泉水，我只是微微上揚唇角，沒搭腔。

「在發呆喔？妳發呆的時候總是特別安靜。」嚴毅笑著，把頭湊到我面前，盯著我的眼睛，「在想什麼？」

「……沒有啊！」避開他的注視，我把頭撇向一旁，假裝在欣賞風景地說：「喂，潭中央那個涼亭可以過去耶，你看那上面有人。」

「要過去嗎？」

「算了！我怕水也怕高，不要好了。」

嚴毅淺淺一笑，「我發現啊，妳好像除了對愛情會拚命堅持不退縮之外，其他的事妳好像什麼都怕。」

「哪有？」我轉頭過來睜大眼，瞪他，「我怕什麼了？你說說看！」

「怕高、怕水、怕小黃瓜、怕向人家低頭說對不起、怕……」

「喂，等等等等，我……我哪有怕小黃瓜啊？我是不喜歡吃小黃瓜，才不是怕，不喜歡跟怕是兩回事好嗎？」

「喔？所以妳也不喜歡跟別人低頭說對不起？」嚴毅眼神戲謔地轉啊轉，最後定睛在我臉上。

「沒、沒事我幹麼要跟別人說對不起啊？」

「那如果有事呢？如果是妳先做錯呢？妳會說對不起嗎？」

「……爲什麼不會？國小老師不是教我們要把『請、謝謝、對不起』掛在嘴邊嗎？我一直都是很有禮貌的小孩呢。」

嚴毅但笑不語，意味深長的眼神看得我好不自在，我只好故技重施地假裝欣賞風景，避開他的注視。

不一會兒，嚴毅才又出聲問我要不要先到一旁的公園休息一下，找張椅子坐坐。

「好。」我點頭。

找了張公園椅，我和嚴毅並肩坐在一起。方才那種尷尬的氣氛，此刻早已消失無蹤。

我坐在他身旁，弓起腳，雙手抱膝，把臉貼在膝蓋上，偷偷看著嚴毅好看的側臉，聽他沉穩的呼吸聲，覺得這個世界其實還是很美好。

有時想想會覺得很神奇，嚴毅跟我，明明就交情匪淺到什麼都能聊的程度，但偏偏就是有些部分，像處於灰色地帶般地模糊曖昧，兩個人竟像早就協議好了一般不去觸碰，一有人不小心逾矩了，另一個人就會努力踩煞車，拚命把偏移軌道的線再拉正。

於是，我們兩個人永遠只能靠得很近，卻始終無法擁抱。

「會不會累？」嚴毅一隻手靠著椅背，撐著臉。看著我時，臉上漾著笑。發現我一頭被風吹亂的頭髮，還伸手整理掉在我臉上的髮絲，幫我勾到耳後去，「等等還有力氣騎回家嗎？」

「當然可以。」我笑，「我可是青春無敵、體力驚人的二十五歲林毓昕耶。」

「哈哈。」嚴毅被我逗得笑出聲，還不忘幫我補充，「而且是魅力無限、人見人愛的超級美少女林毓昕。」

「嘿嘿！這句話中肯，我喜歡。」

午餐，我們兩個人隨便找了一家麵攤吃麵，我大概是餓壞了，除了叫一碗大碗的陽春麵之外，還切了一大盤滷菜。

「哇，妳胃口很好嘛。」

我的麵先送來，也不管嚴毅會有什麼反應，我稀里呼嚕地，完全不顧形象大快朵頤，一口麵、一口滷菜搭配著吃，看得坐在我對面的嚴毅目瞪口呆。

「我餓了。」嘴裡咀嚼著麵，我含糊不清地回答他。

「妳這樣的吃法很豪邁耶。」

「所以云芝說我吃東西很俠女嘛。」

「這算是一種稱讚？」

「應該不是。」我搖頭，「云芝的意思應該是說我的吃相很不淑女，一整個沒有形象的意思。」

「可是我覺得這樣很好。」嚴毅夾了一片海帶放進嘴裡，說：「不造作、不扭捏，用自己的方式做讓自己開心的事，這樣很好。」

「只有你欣賞耶。」我把筷子抓在手裡，托著腮，衝著嚴毅露出開心的笑容，「以前我跟李德銓出去吃飯時也是痛苦得要死。他喜歡女生吃東西小口小口地吃，喝湯不能以口就碗，一定要用湯匙舀，吃麵不能發出聲音，就算在路邊攤吃東西，也要很注重形象喔，眞奇怪！我們又不是什麼明星，又不會有狗仔來拍，可是他對這些事就是很重視，他覺得女朋友是他的門面，要優雅大方，帶得出門。」

「那妳還那麼喜歡他！規矩這麼多，妳受得了？」

「沒辦法啊。」我聳聳肩，「愛上了嘛！交往前，他就說他喜歡我這種不拘小節的個性，哪知交往了之後就不一樣了，要求東要求西的……我覺得你們男生都一樣，還沒追到手的時候珍惜得像寶一樣，追到了，就變雞肋了。」

「雞肋？」

「對！雞肋。」我點頭，「雞肋雞肋，食之無味，棄之可惜。」

「又不是所有男生都這樣。」嚴毅夾了半顆滷蛋放進我碗裡，說：「至少我就不會啊。」

「你交過女朋友沒有？」

「曖昧的算不算？」

「當然不算！」

「好吧，那應該算沒有。」

「所以你說的話就不準！」我說：「誰知道你眞的交了女朋友之後，會不會把她當雞肋！你根本就沒有戀愛經驗，你的承諾可信度不高。」

「要不……要不妳當我女朋友看看？」

他話一說完，我含在嘴裡的湯差點全噴到他臉上去。拚命忍住後沒噴出去，卻害我差點被嘴裡那口湯嗆死。

「我……我幹麼要當你的實驗品？」

我的臉火辣辣地熱燙起來，有一半是因爲咳嗽的關係，另一半，則是因爲嚴毅說的那些話。

「因爲妳不相信我說的話啊，要讓妳相信，不就要讓妳眼見爲憑嗎？」嚴毅說：「而且，我覺得我眞的很不賴啊！至少我脾氣好又溫柔，還有才華，妳不是都這樣說的嗎？」

✡有時候，緣分這種東西真的很傷人，明明彼此喜歡的兩人，卻總是沒辦法在一起。

隔天，我引以爲傲的青春無敵、體力無限，馬上面臨嚴格的成果驗收。

「嚴先生，我的腳報廢了，完全沒辦法走路去公車站搭車，你可以載我去上班嗎？」

早上一起床，我就發現身上兩隻腳好像不是我的，走路時完全抬不起來，而且還有「牽一髮動全身」的疼痛，我很想直接向公司請假，偏偏今天有個重要會議，我根本沒辦法請假。

「妳不會請嚴毅載妳去上班？」

瞥見我舉步維艱地緩慢移動，云芝一面化妝一面向我提議，完全事不關己的冷酷模樣，很沒有同學愛，也不打算讓我搭她便車去上班！枉費我一向對她掏心挖肺搏感情，她以前跟男朋友常吵架那段時間，還是我冒著兩眼黑輪美麗打折的風險，徹夜沒睡當她的忠實聽眾呢！

「不好吧。」我喝著牛奶麥片，「我看他大概也沒好到哪裡去，說不定比我還慘。」

「他有這麼虛？」

云芝開始化眼妝，我一發現，馬上坐到她面前，觀摩她怎麼化今年最流行的眼妝。

我一向沒這方面的天賦，上個眼妝可以化到讓人誤會眼睛瘀青，描個眼線還會讓人以爲眼睛周圍沾到什麼髒東西……一整個就是慘，超慘。

而且不管云芝怎麼教，我怎麼認真學，就是朽木不可雕。偏偏我又超羨慕可以把眼妝化得很好的人，所以下定決心不到學會爲止，絕不善罷甘休。

「他年紀大嘛，老人家除了體力不好，也很容易這裡痛那邊痠的。」我喃喃著，「喂，云芝，這裡要先用那種淺粉色打底喔？不能直接塗那種金咖啡色就好了嗎？」

「是可以直接塗啊，可是這樣不是很沒有漸層感，而且很單調嗎？所以要先用這個打底，範圍大一點沒關係，要到眼窩的地方，然後眼皮褶痕的地方再塗上深一點的顏色，比如這個大地色啊，眉骨這裡再打上銀白色亮粉就ＯＫ了，不會很難啊，我之前教過妳了嘛。」

我啊，對化妝就是無可言喻地駑鈍。

「好啦，下次我想到要化妝的時候，再請妳來技術指導啦。」

「好啊。那……我出門啦。」

點上唇膏，云芝大功告成，開始收拾她的化妝盒，動作迅速又確實。

「喂喂喂……那、那我怎麼辦？」

「找嚴毅啊。」云芝眨眨她那雙上妝後閃閃動人的大眼睛，然後給我一個魅力無限的笑容，「一通電話，使命必達。」

「使命必達個鬼啦。」

我嘟嘴，這個死沒良心的許云芝，自己傷心難過的時候就抱著我說我是她的天使，是老天爺送給她的大禮，現在我不過是想搭個便車，她馬上把我推得遠遠的……好啦好啦！妳可以再沒良心一點啦！

沒辦法，我只好打電話向嚴毅求救了。

本來以為像嚴毅這種日夜顛倒的文藝青年應該會一口回絕我，所以我並沒有抱很大的希望，大不了今天奢侈一點，坐計程車上班囉。

嚴毅還在睡，聲音迷迷糊糊的，我怕他沒聽清楚，又重複了一次。

「我現在正身陷在重情重義的後遺症裡，兩隻腳已經半癱瘓了，你要不要來救我？要不，我就要學阿吉仔用爬的去上班了耶，為了預防四肢磨擦到血肉模糊，我可能還要向你借護膝護肘來用用……」

「哪有這麼嚴重。」嚴毅的笑聲傳過來，聲音也清醒多了，「好啦！給我十分鐘。」

「嗯好。」我按捺住雀躍的情緒，勉強鎮定地回答他。

眞好！今天有免費專車可以坐，不用搭人擠人的公車耶，好棒！

「喂，等等、等等……」

掛上電話前，嚴毅又叫住我。

「怎麼？」

「妳還能走嗎？要不要我去妳家門口接妳？」

「沒那麼嚴重啦，我慢慢走去搭電梯還是可以的。」

我啼笑皆非，嚴毅該不會連誇飾法都信以為眞吧？他是寫小說的耶，應該比我們這種平常人更熟悉這些修飾用法啊，光聽我誇張的說話內容，也知道我只是運動傷害，沒到殘腿斷手的地步啊。

「好吧！那十分鐘後管理室外面等喔。」

「好。」

努力加快速度著裝完畢，我懷著無比輕鬆的心情搭乘電梯下樓，一走出管理室，就看到那部熟悉的白色轎車停在路邊。

「早啊，嚴先生。」

我一上車就笑嘻嘻，衝著嚴毅直笑。

「妳也早啊，林小姐，請問要直接去公司嗎？還是要先去買份早餐再去？」

嚴毅演起戲來一點也不含糊，繼許云芝小姐之後，他是這個世界上，第二個會跟我正經八百地一搭一唱還不會笑場的人。

「直接去公司，我今天早上有個重要會議，不可以遲到。下午會更慘，下午董事長要親自主持會議，那場會議一定會又臭又長。光想，我的眼淚就要掉下來了。」

「收到，over。另外，請節哀，over。」

車子開動後，我瞄了嚴毅一眼，發現他戴了一副我沒見過的黑框眼鏡，頭髮彷佛沒有梳理過，有些亂，不太像平常總是把自己打理得整齊乾淨的嚴毅。不過，他這個樣子好可愛，加上身上那件淺灰色帽T，整個人看起來年輕不少，像個大學生。

「幹麼？」停紅燈時，嚴毅轉頭過來看我一眼，又抓抓自己的頭髮說：「很亂？我早上急忙出門，根本來不及整理。」

「嗯，是很亂。」我點頭，然後朝他扯開唇角，「不過，我覺得你這樣……滿可愛的啊。」

「可愛？」嚴毅瞪大眼，隨即笑開臉，「妳有沒有用錯形容詞？可愛？我？」

「對，你。」我又點頭，「你這樣很可愛啊，像剛睡醒急忙要趕去上課的學生，看起來年輕了好幾歲。」

「所以妳的意思是，妳欣賞我滿頭亂髮，不修邊幅的樣子？」

「不是喜歡你亂髮又不修邊幅，是覺得你沒有刻意打扮的樣子看起來很輕鬆自在，不像平常那麼嚴肅。」

「我平常很嚴肅？我有嗎？我以爲我總是笑口常開很親切耶。」

「你在想事情的時候，表情是很嚴肅啊！看起來好像很凶的樣子。不過還好我跟你熟，所以知道你是在想事情，不是在生任何人的氣。」

「所以妳很聰明啊。」嚴毅臉上依然掛著笑，讓人分不清他說的話是客套還是認眞，「反正我也不在乎別人怎麼看我，只要……妳懂就好。」

嚴毅的話讓我沒辦法接續下去，我向來最不會處理這種讓人容易胡思亂想的談話內容，好像不管回答什麼都不對。

所以，每次只要遇到這種狀況，我總是會很習慣性地當機，整個人呈現完全傻住的痴呆樣。

關於這一點，發生過幾次類似情形，嚴毅好像也已經察覺到。

「喂，別想太多喔，我沒有別的意思。」

「嗯，我知道。」

我知道才有鬼，我根本什麼都不知道！

沉默片刻後，嚴毅又問我，「那，今天幾點下班？要不要我來接妳？」

「我再打電話給你吧，下午開會，我也不知道今天的會議要開多久，你如果有事就先去忙，不用等我沒關係，我會再跟你電話聯絡，眞的不行，我就搭計程車回家，你不用刻意跑一趟啦。」

「妳再打電話給我吧！反正我今天沒什麼活動，閒著也是閒著，開車出來透透氣也好，順便接妳。」

雖然嚴毅有時會不經意說出一些讓人想入非非的話，但那些從他嘴裡吐出的話語，並不是刻意要給人壓力的。他不是會向人家伸手要承諾的人，在我的感覺裡，嚴毅的貼心與溫柔總是無所不在。

比如，他會特地買一大份的餐點，然後騙你說他買太多，問你要不要幫他吃一點，但你知道他其實是擔心你餓著了。

又比如，他會邀你陪他去散散步或看看夜景，會用冠冕堂皇的理由騙你說他心情不好，需要人陪，但你知道他其實是看穿你那陣子心情不好，擔心你不找人聊聊會一直往死胡同裡鑽，煩惱你胡思亂想讓腦筋打結。

再比如現在，他知道我腳痛，走路不方便，所以就算今天他有活動，他也很有可能盡量推掉那些約會，就只爲了等我的一通電話。因爲他向來不是會置朋友於不顧的人。嚴毅就是這樣一個細心、溫柔、善良的人。

人，偶爾會遺失什麼，又得到什麼。遺失的，往往是自己最在乎的，得到的，好像又常常是自己最不想要的。可是，這就是人生，因為不完美，所以才完整。

到達公司門口，和嚴毅道別後，我下車，從嚴毅搖下車窗的副駕駛座窗口望去，還能看見嚴毅漾著笑意的臉龐，於是又向他揮揮手，提醒他回家的路上要小心開車。

才走進辦公大樓管理處，正朝電梯方向快速前進時，同事郁瑾不知道從哪裡冒出來，衝到我身邊，熱情地勾住我的手臂，笑得頗有深意。

「幹麼？」

我被她神出鬼沒的動作嚇到，又在她身上聞到一股八卦的味道。

「喂，那個人是誰？」

「哪個人？」

「剛才載妳來那個。」

「朋友。」我想都沒想就回答。

「不是男朋友啊？」

郁瑾臉上閃著「不要騙我，快招」的可怕笑容。

「當然不是！眞的是朋友。」

「朋友會這麼好心送妳上班？」郁瑾總說她縱横情場十幾載，從國小就開始交男朋友，就經驗上來說，男人的一句話或一個動作，她只要看一眼，就知道對方是什麼貨色，安的又是什麼心，全都逃不過她閃亮亮的法眼。「還是……他在追妳？」

「沒有啦！」我看著她那張挖八卦挖得正開心的臉，義正詞嚴回答她，「我跟他眞的只是朋友，就只是朋友，很單純的那一種！」

「怎麼可能啦？」郁瑾不相信，拍拍我的肩，叫我別傻了，她說：「在這個世界上，男女生沒有『純友誼』這種事，兩個人會像朋友一樣在一起，一定是某一方對另一方存有好感，否則這樣的感情沒辦法繼續。」

「可是我跟他……」

我還想辯解，郁瑾卻不讓我有解釋機會，繼續說：「沒有人會花時間在一個不是自己女朋友的女生身上，投資報酬率等於零的事，就算是笨蛋也不會去做。所以，必然是那個女生讓他有了某種『期望』，男生才願意以時間換取空間地等待。」

郁瑾說得頭頭是道，說得我都恍惚了。

整個早上，郁瑾說的那些話，就像咒語般不斷在我腦袋裡播放，搞得我整個人完全無心上班，還忍不住毛躁起來。

中午，我捧著便當卻食不下嚥，掙扎了半天，終於還是拿起電話撥給云芝。

「許云芝，妳有沒有在忙？」

「還好，幹麼？」

「……我……我想問妳一件事。」

「好，講。」云芝的回話就像她的人一樣，簡潔有力。

我把早上郁瑾跟我說的那些話複述一次給她聽。

「然後？」聽完後，她完全沒有任何反應，還這樣問我。

「唉喲！我被我同事那番話搞得腦子很亂嘛！妳不覺得她說的好像也有那麼一點道理嗎？」

「笨蛋。」

笨蛋？云芝是在罵我嗎？

「……什麼笨蛋？」

「妳啦！笨蛋一個。」

「啊？」

「好啦！懶得說了，我客人來了，回去再跟妳討論。」

云芝話一講完，馬上「喀」地一聲掛掉我電話。

「眞無情。」我怔怔地拿著嘟嘟作響的話筒罵了一聲。

下午的會議果然又臭又長，每個人都被公司的大頭叮得滿頭包。

開完會，走出會議室，回到辦公室看向窗外，才發現天色都快暗了。

我當下直覺是：糟糕！嚴毅該不會還在等我電話吧！

急忙掏出手機，撥了通電話給他，想叫他不用開車來接我了。下班時間，市區街道到處都是車，他開車來，恐怕會被塞在半路動彈不得。但電話響了半天就是沒人接，最後轉入語音信箱。

我有點落寞地盯著手機螢幕看，這種感覺好矛盾，我希望嚴毅不要來接我，怕他在半路上塞車。可是沒聽見他的聲音，沒聽到他講一堆堅持要來接我下班的理由，卻又有些失望。

收拾好辦公桌桌面，跟一堆同事互道再見後，我才緩慢地走進電梯間搭電梯下樓。腦袋裡不斷猜測，嚴毅沒接電話是不是忘了帶手機出門了？他可能跟朋友出去吃飯了吧！這個大蠢蛋，我叫他有事先去忙，不要等我沒關係，他就眞的不等我？也不想想今天我的腳會變這樣是誰害的？

下次絕對不要太好心！不管他說他會呼吸困難還是筋骨生鏽，想找人結伴去騎腳踏車或跑操場，我都要心一橫直接拒絕。

一走出辦公大樓，正準備往公車站的方向前進時，就看到一部車牌我已經倒背如流的白色轎車。

是嚴毅的車。

「喂，吃水煎包嗎？」

背後突然有人撞了我一下，一回頭，便撞見嚴毅的招牌笑容。

「你、你怎麼在這裡？」我瞪大眼，又驚又喜。

「等妳好一會兒了呢。」嚴毅嘻嘻笑，塞了一顆水煎包到我手裡，「快吃，都快冷掉了。」

「不是跟你說今天開會？」

「不是跟妳說我今天沒活動？」

嚴毅幼稚地學我說話的語氣。

我瞪他一眼，「白痴！」

嚴毅一點也不以為意，指指我手上那顆還留著餘溫的水煎包，不斷催促我快咬一口，直說那是全台灣最好吃的手工水煎包，不快點吃，保證我會後悔一輩子。

被嚴毅不斷勸說，我只好順從地咬了一口。

「怎麼樣？跟妳說很好吃吧！是不是？」

好吃是好吃，但嚴毅這麼賣力推薦是怎樣？有收人家回扣嗎？要不要去他自己的部落格寫個美食推薦文，再分享到 Facebook 去讓大家按讚啊？

「嗯……是還可以啦！」

「什麼還可以？」嚴毅大叫起來，「林毓昕小姐，妳味蕾是有問題是不是？明明就很好吃，什麼還可以？」

「我眞的覺得還好啊。」我聳聳肩，繼續鬧他，「也不是特別美味呀。」

「好吧。」嚴毅放棄說服我，「個人感受不同，只要妳不覺得特別難吃就好了。」

我斜睨了他一眼，又咬了一口水煎包，才問：「這個……去哪裡買的？」

嚴毅低頭看了我一會兒，緩慢回話，「問這個幹麼？」

「沒幹麼啊，就、就只是想知道嘛。」我說：「如果離我們公司近，這樣以後下午時間肚子餓了，可以去買來墊墊胃。」

「我帶妳去，走吧。」

「用走的？」我張大眼，看看他，又看看自己的腳……嗚……嚴先生，你可以再沒良心一點啦！我今天是傷兵耶！

嚴毅當然知道我的顧忌，他只是笑笑，看著我說：「放心，不會太遠，就在前面而已。」

於是我帶著信任他的心情，亦步亦趨地跟著他向前走。

幾分鐘後，我們停在一攤水煎包攤位前，販售的是一位約莫七十歲的老爺爺。

✡漸漸地，我明白，細水長流的愛情，才是最平凡無偽的幸福。

「你又來了啊？」老爺爺一瞧見嚴毅，馬上露出笑意，「這次要買幾顆？」

「五顆。」

嚴毅舉起手掌，五隻指頭張得開開的，眼睛嘴角全在笑。

老爺爺動作緩慢地從一旁的保麗龍盒裡夾出五顆水煎包，分成兩包放進塑膠袋裡，遞給嚴毅的同時，順便收了錢。

「他自力更生，孩子都不在身旁，三個女兒全都嫁了，偶爾才會回來看他跟他老婆。唯一的兒子帶著爺爺跟他老婆畢生的積蓄去國外留學後就沒再回來，在國外娶妻生子，他連兒子的婚禮都沒被邀請。老婆兩年前中風了，他沒錢請人照顧，還好鄰居很好心，在他出外賣水煎包時會幫忙照顧他老婆，但生活費、水電費、老婆看病的回診費，全都得靠那一顆顆的水煎包堆疊起來……」

和老爺爺道別後，嚴毅遞了一袋水煎包給我。我捧在手心，感受到從塑膠袋裡傳遞出來的溫熱，與瀰漫在掌心裡的香氣。

聆聽嚴毅娓娓道來關於老爺爺與水煎包的故事，我除了詫異，還有深深的心酸。

經常能從電視新聞或是報紙上，得知社會上貧富嚴重不均的訊息，只是沒想到，這樣的故事卻真實在我身旁上演。

「幫我拿一下。」

把我手上那包水煎包塞進嚴毅懷裡，我轉身往老爺爺的攤位跑，忍著大腿上宛如撕裂般的疼痛，跑到老爺爺面前。

「爺爺，請給我十顆……啊！不對，我要十五顆水煎包，謝謝。」

老爺爺先是愣愣地看看我，隨後馬上拿出塑膠袋，緩慢但動作熟練地裝起水煎包，一面裝還一面說：「那個男生是妳男朋友吧？他人真的很善良耶，常常三天兩頭就來跟我買水煎包，還跟我說我做的水煎包很合他的胃口，我知道他其實是要來幫我啦……妳要好好把握珍惜這麼善良的男生喔，不要讓他跟別人跑了……」

「爺爺，我跟他不是、不是……」

老爺爺抬起頭，對我笑了笑，意味深長地看著我。

「沒關係啦，不想承認也不要緊，現在的年輕人談戀愛跟我們以前不一樣了，不過我人老，心可沒老唷，看人的眼光還是有九成準的，那孩子真的很不錯啦。」

我只能傻傻地笑，然後拎著老爺爺交給我的十五顆水煎包，回到嚴毅身邊。

嚴毅看看我，又看看我手上的水煎包，問我，「哇，妳買了幾顆？」

「十五顆。」

「哇喔！妳有這麼餓啊？買那麼多！」

「包括你手上那五顆，我們總共有二十顆水煎包，這是你跟我今天晚上的晚餐。」

「可是，剛才在等妳的時候，我一個人就吃掉九顆了耶，根本撐到要吐了。」

「你吃那麼多顆做什麼？你很餓嗎？」

「也不是，就……覺得應該要多買幾顆，讓爺爺可以早點收攤回家啊，所以一不小心就買了十顆……」

「……傻瓜。」

老爺爺說得沒錯，嚴毅真的是個善良的人，而且是非常非常善良的人。

最後，那天晚上，云芝和她男朋友也被我們強迫把水煎包當晚餐吃了。

之後的幾天，嚴毅都自告奮勇當我的司機，早上時間一到就在管理室外面等我上班，下午也不用電話聯絡，他就會準時出現在辦公大樓外。

老爺爺的水煎包也因此當了我們兩個人好幾天的晚餐。

幾天之後，我發現我開始依賴起嚴毅，就像當初我依賴李德銓那樣。意識到自己心態上的異樣，我開始侷促不安。依賴李德銓，是因為他是可以讓我依賴的身分。但是嚴毅呢？除了朋友這層關係之外，我好像沒有適當的理由把他當成我的宿主，這般恣意妄為地寄生。

「云芝，妳覺得我該怎麼辦？」

有天晚上，云芝下班得早，我整個腦袋都在打結，實在想找人幫我指點指點迷津，只好窩進云芝房間，把我的煩惱跟她說。

云芝在敷臉，見我進來，丟了一片面膜給我，叫我陪她一起敷臉。

「看妳啊。」

「我要是知道該怎麼辦，就不會來問妳了啊。」

我學云芝躺在床上，兩隻腳抬高靠牆，云芝說過這樣可以瘦小腿，還可以促進腿部血液循環。雖然不知道云芝的說法有沒有根據，不過學她這樣抬腳，其實還滿舒服的。

「這種事，當然只有妳自己才知道答案是什麼，問我也只是多此一舉。就好像愛情，當妳喜歡上某個人，就算是千軍萬馬也拉不住妳。當妳不愛他了，就有人拿刀逼妳，妳也不願意再回到他身邊……一樣的道理，其實很簡單，就是看妳喜不喜歡現狀，喜歡，就維持，不喜歡，就推翻，這樣而已。」

「問題是……他又不是我的誰，就算我喜歡現狀，也沒有理由要他繼續配合啊，人家有人家的生活圈，我只是他生活圈裡的一個點，不是全部也不是大部分，就只是一個點而已……」

「那妳就把自己變成他的全部或大部分啊。」

云芝說得雲淡風輕，我卻飽受驚嚇地霍然起身，激動大叫。

「許云芝，妳瘋了嗎！這種笨蛋提議妳講得出來？」

「這麼激動，小心皺紋。」

我只好又乖乖躺下，重新拉平面膜，埋怨地說：「還不都是妳！要是我臉上長出皺紋，就是妳害的。」

「反正是早晚的事，跟我什麼關係？」

「什麼早晚的事？妳說我的皺紋嗎？」

「不管是皺紋，或是妳變成嚴毅生活圈裡的全部或大部分，這都是早晚的事！」

「許云芝，妳不要再講了喔！」我轉過頭，睜大眼瞪她。

云芝一點也不以爲意，撇了撇嘴角，說：「妳是作賊心虛還是心裡有鬼？」

「都沒有！」我嚷道。

「沒有就好啊！」云芝靈活的大眼骨碌碌地轉了幾圈，定睛看著我，「反正那是我的感覺啦！妳可以選擇聽聽就好，不過……我的預感通常很準，這個妳不能否認吧？」

我沒有再回答她丟出來的問題，因爲再跟她討論下去，我腦袋裡面的結非但沒辦法解開，反而還會愈打愈多結，所以趁著我的腦袋還沒有爆炸、人還沒有瘋掉之前，我一定要終止這個不可能獲得任何解答的話題。

雖然不知道未來是不是眞會如云芝所說，我將變成嚴毅生活圈裡的全部或大部分，但就在我找云芝討論這個問題的兩天後，我請嚴毅停止接送我上下班。

我的理由是，「我的腳已經好了，又可以像以前一樣活蹦亂跳地去追公車，順便運動健身，增加肺活量。」

嚴毅沒有多說什麼，他十分尊重我的任何一個決定，不管合理與否，他從不過問。

✡後來我才知道，你眼中偶爾隱藏不住的擔憂或關心，其實是你不經意地透露給我，關於喜歡的訊息。

第三章·期待

嚴毅，你是否也曾對某些事、某些人，有過某種期待呢？

因為期待某些事情的來臨，而有了某種程度的堅持；因為期待某個人的佇足凝眸，而開始發現這個世界的美好。

「期待」是一種心靈祈望，祈望奇蹟的出現，祈望潛藏在自己內心的願望能夠實現，祈望在時光悠悠過後，能擁有苦盡甘來的甜美果實。

對於愛情，我也曾經抱持著這樣的期待。

期待一個永恆，期待兩顆心永遠貼近不分離，期待我和他的故事可以一直寫下去，永不落幕。

但期待終究只能是期待，是「明知不可為而為之」的傻勁。

因為時間無法定格，對自己曾經摯愛的人的那份情感，也沒辦法維持在永遠盈滿的狀態，所以愛情，終究只是掌心裡的細沙，不管再怎麼緊握，它仍會從指縫間一點一點地流逝、消失。

可是嚴毅，就算愛情曾經讓我痛、令我哭，我還是沒有辦法完全憎恨它。在很深很深的心底，我還是有期待的。

我期待他能回頭，或者另一個更好的他能出現。

我期待那些流過的淚不會再流，或者從今而後只剩感動及喜悅的淚水。

我期待曾經受過的傷不會再來一遍，或者，自己能夠更堅強無敵，百毒不侵。

我當然也期待，如果有一天，我和你，終於都找到了屬於我們各自的幸福，我還是能夠像現在這樣，電話一撥通，你就能馬上接起，並且毫無任何罣礙地與我暢所欲言。

嚴毅，也許我的期待，有一部分是來自於你，也許。

嚴毅生日在九月，是很靠近處女座的天秤座。

「我幫你慶生。」

電話裡，我偷偷地說。

「妳幹麼這麼小聲？」

午間的陽光熾烈刺眼，從辦公室一端的落地窗灑進來，灑在綠意盎然的鵝掌藤上，讓沉悶的辦公室平添幾分活力。而電話那端的嚴毅剛睡醒，說話的聲音透著慵懶氣息。

「我偷講電話啊！」我用手摀在話筒外圍，小聲地說：「早上公司大頭跑出來發飆，好幾個人被罵得狗血淋頭，現在辦公室氣壓好低啊。剛才我在偷玩碰碰球，突然靈光一閃，想到今天是你生日耶，身爲朋友，不幫你慶生是不是太沒義氣，也說不過去嘛。」

「是啊。」

嚴毅的笑聲從那頭傳過來，我被他的笑聲感染，嘴角也不自覺上揚。

「所以晚上我們……去吃大餐吧！我請客。喂，你晚上沒跟別人約吧？」

「沒有。」嚴毅不加思索地回答我，「所以晚上我們要去吃什麼？」

「嗯……泰國菜好了！今天你最大，所以挑你愛吃的。」

「可是，妳不是怕辣？我看我們……」

「沒關係啦！」不待嚴毅說完，我連忙截斷他的話，說：「我已經慢慢在克服了，只要不是中辣程度以上的，大概都不是問題了吧！」

「好！那就吃泰國菜吧。今天幾點去接妳？」

「一樣的下班時間好了……啊！嚴毅，我今天沒有穿迷你裙和細跟高跟鞋耶，你不會介意吧？」

「為什麼要穿迷你裙和細跟高跟鞋？」嚴毅一頭霧水地問我。

「因為今天是你生日啊！我沒有事先把自己打扮得超迷人，這樣跟你去吃飯，會不會太不尊重你？」

嚴毅停頓了幾秒鐘，爽朗的聲音才傳過來。

「傻瓜！我是這麼膚淺的人嗎？我是跟妳林毓昕小姐去吃飯，不是跟妳的迷你裙和細跟高跟鞋吃飯，所以妳不用擔心，我一點也不介意。就算妳今天穿運動服跟我出去吃飯，我也覺得很ＯＫ，因為妳就是妳，不用特意打扮就有獨特魅力的，林、毓、昕。」

我打電話去餐廳訂了位，並開始期待晚上的約會。

因為有了期盼，我的心情異常雀躍，喜形於色，藏都藏不住。

「喂，林毓昕，妳今天幹麼？心情好像很好啊，要不要說出來跟我分享一下，看看能不能騙走早上被大頭罵的陰鬱。」

在茶水間，郁瑾捧著剛泡好的咖啡湊到我身邊，好奇地問我。

「沒啊，我哪有心情很好？還不是跟平常差不多！」

「哪有跟平常差不多？」郁瑾指指我的眼睛，又指指我的嘴巴，說：「這裡跟這裡都在笑耶！分明就是在爲什麼事開心的樣子。」

我但笑不語，跟嚴毅吃飯這種事，只要我們兩個當事人知道就好，根本不需要和任何不相干的第三者報備。

拚命否認到底後，才終於很不順利地打發掉超有狗仔精神的郁瑾。

下班前兩個小時，我開始留意起牆上的時鐘，幾乎以每隔幾分鐘就抬頭看一次的頻率緊盯著它。

「喂，學姊，妳幹麼？今天有約會啊？」

小林坐在我隔壁，比我晚進公司但年紀比我大一點，偏偏又很愛以進公司年資叫我「學姊」，這時他突然從我和他座位中間的隔板另一邊伸出頭來偷偷問我。

「沒、沒有啊。」我連忙把頭壓低，假裝很認眞地在寫估價單。

眞是奇怪了！我眞的表現得這麼明顯嗎？不然怎麼大家都看得出來！

「說出來我又不會笑妳，在妳這種年紀，有人找妳約會是很光榮的事耶。」

「我這種年紀是哪種年紀啊？」我抓住他的語病，這小子人是不錯，但有時候就是太白目了些。「喂，你講得好像我很老已經沒人要的感覺，我才二十五歲呢，是擁有無敵青春、無敵漂亮和無敵魅力的二十五歲女生耶。」

我搬出嚴毅對我說的那套理論，想不到小林居然很不捧場地大笑出聲，他一笑，我馬上伸手把他的頭推回去，再假裝若無其事地繼續寫我的估價單。

「喂，妳幹麼推我啦？」

白目小林又把頭伸過來，見我不理他，還很白目地用原子筆頭戳我的手臂。

「你白痴喔！是不知道今天公司氣壓低成這樣嗎？」我用眼神環顧辦公室四周，示意他不要太張狂，「還笑得這麼大聲！我推你是明哲保身啦，笨蛋。」

「妳才笨蛋！」小林識俊傑地壓低音量，「居然會說出那種二十五歲女生無敵青春、漂亮、魅力那種笨蛋理論……喂，妳到底是從哪邊聽來的啊？」

「我不要跟你說。」

我氣結，這個不懂二十五歲女生是奇世珍品的傢伙，難怪到現在還孤家寡人一個，交不到女朋友，果然是其來有自。

「小氣！」小林幼稚地朝我皺皺鼻子，說：「才不稀罕。」

「不稀罕就快滾蛋，不要吵我工作。」

「哼。」小林把頭縮回去。我正打算快點完成手上的工作，好準時下班時，他又伸出頭，說：「快啦，跟我說啦。」

「說什麼？」

「妳那個二十五歲女生理論啊。」

「無聊！」我白他一眼，「快去工作啦你，我今天不能加班幫你趕工，你再不快點完成今天的工作量，就自求多福啦。」

「就說妳今天一定有約會，還否認！」小林啐了一聲，「現在的女生眞的是喔……愛搞神祕！」

「要你管。」我又推了他的頭一把，警告他，「不要再跟我抬槓了，我要趕手上的工作啦！」

「好啦好啦，妳忙妳忙……小的這就告退了。」

「快滾。」

然後，我又是一邊趕估價單，一邊偷偷抬頭瞄牆上時鐘。

好不容易寫完手上的估價單，我起身，從頭檢查一遍，準備傳真給客戶，只要傳真完，我今天的工作就能告一段落了。

「喂，麻煩一下，幫我泡杯咖啡啦。」

才要離開位置，白目小林就遞出一只陶瓷杯，裝可憐地看著我。

「我今天眞的要加班了啦！都是妳！妳要去約會不能陪我加班也不講，我早上還悠哉悠哉地在寫另一份企畫。」

「怪我？是你的工作又不是我的，你不要對別人的幫忙習慣成自然好嗎？又不是我應該要幫你做的。」

「我又不是這個意思。」白目小林故作委屈，「我只是很難過妳今天不能陪我加班嘛！這樣我自己一個人加班會很無聊啊。」

「放心啦，你不會是自己一個人的。」我刻意露出安慰的笑容，「還有其他人會陪你啊。」

「眞的嗎？」白目小林喜出望外，剛才的委屈難過好像馬上被拋到九霄雲外，他追問著，「妳怎麼知道？是誰是誰？」

「這個就要問問祂、祂、祂、祂、祂了。」

我每講一個「祂」，就在空中亂指一下。一下子左、一下子右，白目小林看得丈二金剛摸不著頭緒，一臉疑惑地又問我，「誰啊？」

我只好拍拍他的肩，刻意露出詭異表情，還刻意把音量壓低，靠近他耳邊小聲說：「老實說，在我們這個辦公室工作的人，不是只有我們而已。你應該聽過第三空間吧？另一個世界裡的人，其實也在這個辦公室辦公，也跟我們一樣會用傳真機跟影印機，只是我們看不到他們而已。但是看不到不代表不存在喔。所以他們也和我們一樣很哀怨，他們的老闆也一樣會用問候他家祖宗八代的問候語飆他們，他們的客戶也一樣很龜毛又機車，而他們也會留下來加班，所以……有時候你留下來自己一個人加班，其實並不是只有你自己一個人而已唷……」

我話還沒講完，白目小林馬上抓住我的手，說：「我、我馬上就去趕工，我今天不加班了。」

我的腦袋還在轉，正想著要再說些靈異的話來嚇唬嚇唬這個自目鬼時，我的手機響了。

✡於是那些一起散步，互相加油打氣的過去，就成了我們最美好的時光。

❖

打了通電話向嚴毅道歉，從話筒另一端，聽得出來他人已經開車在路上，隱約還能聽見路況廣播的聲音。

「眞的很對不起，是臨時狀況，所以不能陪你慶生，餐廳方面我會去改日期，你把明天晚上的時間留給我，我明天晚上一定陪你去吃飯，不管誰來約我，我一律會搖頭拒絕，眞的眞的。」

躲在茶水間，我滿懷歉意地向嚴毅保證。

「沒關係啦，又不是什麼特別的日子，不要緊的。」嚴毅一派從容的笑聲傳來，頓時讓我安心不少。他說：「妳先去忙吧，不用擔心，我ＯＫ的。」

「那就明天了，說好了唷，明天晚上留給我喔。」

「好——」嚴毅笑笑的，拉長音回應我。

五點整，我準時打了下班卡，拿著包包，經過那個自目小林身旁，看他被我亂掰的靈異事件嚇得一臉鐵青，嘴裡碎碎唸著「完了完了，趕不完了……」，我還佛心來的提醒他，「早點下班唷。」

白目小林的臉更蒼白了。

一走出辦公大樓，就看見李德銓戴著耳機，坐在那輛我熟悉得不能再熟悉的機車上，很隨意自在地輕輕晃著頭在唱歌。

認識他時，我們都年輕，二十初頭的年紀很容易被感動，看一本書或一場電影，就能紅了眼眶，對書中情節和電影劇情總能回味許久，也對所有流行歌曲瞭若指掌，去KTV唱歌，總能把點唱排行榜裡的歌全部不走調地輪唱過一遍，甚至還意猶未盡地重複唱著那首自己喜歡的歌，一遍又一遍。

那時的李德銓，不管是騎車或走路，甚至是上無聊的通識課，他都會戴著耳機聽音樂。

只要和他在一起，他總會把一邊的耳機拔下來塞進我耳裡，讓我和他一起聆聽那些悲傷或輕快的旋律。

以前不懂得什麼是浪漫，每當和同學討論起關於浪漫這檔事時，我總會把「一個人戴一邊耳機，聽同一首歌」這個回答，做爲我對浪漫的定義。

一直到很久之後的未來，我仍然覺得這是件既簡單平凡又浪漫的事。

很多時候，兩個人在一起做一件相同的事，即使不說話，但你就是知道，在那當下兩個人的心是貼近而契合的，這種感覺，是任何言語都難以形容的美好。

走到李德銓面前站定，他剛好抬頭。看見我，他隨即笑得燦爛。

「對不起，有沒有打擾到妳下班後的活動？」

客氣而略略生疏的問候，是李德銓和我分手後，每次見面時必然的開場白。

「本來今天和別人有約的，不過沒關係，我改期了。」我據實以報。

「啊，眞是糟糕。」李德銓還是跟以前一樣，每當覺得抱歉時，就會搔搔頭，露出歉然的表情，「實在不能這麼臨時約妳出來，都忘了妳也應該有自己的生活圈了……」

李德銓說這句話時面帶微笑，語氣淡淡的，沒什麼特別情緒，但聽進我耳裡，泛起了一陣酸。

過去，我的生活總是繞著李德銓打轉，自從他從我的世界抽身離開，我的重心一下子落空，久久找不回自己的生活圈。因爲重色輕友的關係，在我遇見李德銓後，成天只想跟李德銓黏TT地黏在一起。不斷缺席朋友聚會的下場，就是近乎眾叛親離。

總歸一句：自作孽，不可活。

唯一一個沒離我遠去的人，就是我那親愛的許云芝小姐。不過她很直接地告訴我，要不是因爲我們的「同居」關係，還天天會見面，否則她一定也會和那些拋棄我的朋友一樣的反應。

「要怎麼收穫就要怎麼栽，妳一談起戀愛來，就完全變了個人，六親不認，朋友也都斷光光，這樣妳要怎麼培養妳的人脈？妳失戀時要找誰出來陪妳痛哭，唱一整夜的KTV？妳啊，就是笨！只有笨蛋才會把愛情當成生命的全部。我跟妳說，這個愛情呢，跟財富、名利都一樣，全都是假的，是虛有其表的的奢侈品，只有親情和知心朋友才是真的，家人朋友才是我們人生中的必需品，妳懂不懂？」

云芝曾經這麼對我說。

「嘿，李德銓，別這麼說，沒關係的啦，你不用抱歉。」

我笑，畢竟深愛過，面對他仍有點手足無措，不過，慢慢的，我好像已經能夠更「無敵」一點，不再一見到他就想哭。

李德銓用大姆指指指他的後座，我就很有默契地自動走過去，跨坐上車。

「去吃水餃，好嗎？」他問。

「好。」我說：「去李媽那間喔，我好懷念。」

「Yes sir.」

這一瞬間，我有了時光交錯的錯置感，好像時間又回轉了，回到以前那段幸福歲月，一切都沒變，一切如常。

車子啓動之後，我坐在李德銓後面，很自然地就把頭往他右邊肩膀上靠過去，這樣我才能看到前方的路況，並隨時提醒他路邊的臨時狀況，當他的安全雷達。

但我還沒看到前方路況，就先看到一個驚人畫面。

從那個畫面裡，我看到一種沉痛、寂寞的悲傷。

「所以妳說我該怎麼辦？呃……毓昕……林毓昕……」

直到李德銓伸手在我面前晃，我才恍然回神。

「嗯？」雖然被抓包，我還是假裝聽進了他說的每一個字，並不慌不忙地微笑著面對他。

「妳在發呆？」李德銓陽光般地笑著，「怎麼還是和以前一樣？」

「被你發現了。」我哈哈一笑，也不隱瞞，「就不小心失神了，腦袋裡裝太多東西，要整理一下……呃，剛才說到哪裡？」

「說到雅伶啊，她最近不知道怎麼了，脾氣特別容易失控，老是對一些事情疑神疑鬼，連我在講電話她都要湊過來聽，還會偷看我手機簡訊，別人寄給我的信件，她也都會逐一檢查。最可怕的是發票，她會拿我的發票核對看看我到底去了什麼地方，買過什麼東西……我覺得壓力好大，她好像把我當小孩子一樣，什麼都要管，什麼都要我交代，還不准我反抗。」

李德銓皺起眉頭，有些苦惱地看著我。

「那你還敢跟我出來！不怕被抓包？」我半開玩笑地說：「她手機號碼沒換吧？要不要我打個電話去向她打你的小報告？」

「唉喲，妳饒了我吧！一個雅伶已經夠我頭痛了，妳不要跟著瞎攪和。」

我看著他苦笑的模樣，除了心疼，還有一點點心酸。

愛一個人，何苦折磨他？

愛情，是用來珍惜、用來享受，不是用來試探、用來考驗彼此耐心的。

「所以你打算……？」

「就是沒打算，才來問妳該怎麼辦啊。」

「你問我應該不準吧？你不怕我對你懷恨在心，給你爛決策？」

「妳是這麼小氣的人嗎？」

「很難說呀！」我笑，「你不要看我傻里傻氣的，對什麼事都得過且過，對愛情啊，我可是一點都不大方呢。」

「眞的嗎？我不這樣覺得呀！在我眼裡，妳明明是一個很灑脫的人。」

「何以見得？」

「從我們分手的事件來看啊。」李德銓說：「我看妳好堅強，一滴眼淚也沒有掉，一句惡言也不出，那時我就覺得妳眞的是個很不錯的女孩，很瀟灑，不強求。」

我愣愣地看著我的前男友，心裡酸酸澀澀的。

他說他看見我的堅強與勇敢。當他沉溺在另一段新感情裡，那時的他，眼裡只瞧見新人的微笑，看不見舊人的眼淚。因爲當時，他的心裡、眼裡，完完全全沒有我。

所以，那些在我眼底翻飛的落寞、那些在我臉上濃妝豔抹的悲傷，他全都看不見。

✡那些翻飛在我眼底的落寞，那些濃妝豔抹的悲傷，那些你看不到的，全是我的痛。

「其實我也傷心過啊。」我說，語氣雲淡風輕，不著痕跡地輕畫過我們之間的沉默，「只是我成長了。走過了，也放下了。」

面對他，我已經不打算再有所隱瞞，那些分離後遺留下來的痛，依附在我身上也已經將近三年，我用三年的時間，償還一段三年感情所留下的好的、不好的回憶，也許真的夠了。

我們在我還愛他的時候分開，所以我帶著遺憾，繼續愛他，分分秒秒，任由和他一起經歷的美好回憶肆無忌憚地折磨自己，更懷抱著一點點的恨和不甘心，還有許許多多懊惱與眷戀。

李德銓不是我的初戀，我的初戀，是在國中時期，和一個長得不怎麼樣的男生交往。他的外型雖然不怎麼樣，但他對我很好，所以被他追求了兩年之後，我們短暫交往。

然後升上高中，我以課業為由拋棄他。

先說分手的人，也許通常都是比較不痛的那個人。雖然後來我偶爾還是會想起那個初戀的男生，但是，除了一點點的愧疚，我真的沒有傷心的感受。

也許是因為不夠愛，或者，說不定只是喜歡而已，並沒有愛。

上了大學，遇見李德銓，在心智比較成熟之後遇見喜歡的人，或許，才更懂得如何付出。

所以我像飛蛾撲火般，不惜被灼燃，也要轟轟烈烈愛一場。

李德銓帶給我很多第一次的新鮮感受。第一次和男生單獨看電影、第一次和男生一起用一根吸管喝飲料、第一次和男生騎機車兜風看夜景、第一次被男生緊抱著說「我愛妳」、第一次因爲一個男生而有了忐忑不安的幸福感、第一次感受到男生附在耳際小聲而神祕地重複說著「我喜歡妳」的那種怦然心動、第一次在極度徬徨不安時有了寬闊而溫暖的胸膛可以依靠……那麼多的第一次，全是李德銓給我的。

我相信，在我們極甜蜜的那段歲月裡，他對我絕對是全心全意。

所以我從來不曾懷疑過我們的愛情，不曾懷疑過他對我的用心。

也許這一切早已事過境遷，但都眞實發生過，並留下可循的脈絡。

李德銓的離開讓我迅速成長，體會這個世界其實也有冷酷無情的一面，也明白自己當初是如何恣意妄爲地傷害了另一個人。

我確實是成長了，本來以爲過不去的，也一步一步走過來了，但不確定是不是眞的放下了。

畢竟，有些東西是你想放手卻一直放不掉的。有時是因爲不甘心，有時是因爲捨不得。

可是，我這麼對李德銓說，是因爲我期待自己能夠放下。放開，才能更寬闊。

「眞的嗎？」

在李德銓的訝異情緒中，我堅定點頭。

「畢竟我們都努力過，不是嗎？」我扯開嘴角，說：「可是有人告訴我說，愛情，努力過了，如果還是沒有辦法，就不要花力氣去哭泣、去懷念。因爲就算是哭瞎了，想得都要發瘋了，走了就是走了，不會再回來。他說，人要學會聰明，要學會善待自己，不要把自己的心都束縛得變狹隘了。」

那個不斷不斷用溫暖言語幫我洗腦的人，是嚴毅。

在我最悲傷的時候遇見的那個人。

也是一個鐘頭前，在公司外面，大馬路旁，用悲傷的眼神看著我的那個人。

與他四目交接的那一瞬間，我的心臟惶惑地停跳了一拍。

那種心情我無法形容，但我知道是一種「牽掛」。

我掛念起他心底的感受，不禁後悔自己今天的舉動。

爲什麼要跟一個曾經重重傷害自己的人在一起，然後傷害了那個曾經大費周章把我從絕望邊緣拯救出來的人呢？

而且今天還是他的生日。

我覺得自己好差勁啊！

「毓昕，我不知道原來我傷妳這麼深。」

李德銓用飽含歉意的眼神看我，他那雙曾經被我稱讚比女生的眼睛還漂亮有神的雙眼，此刻滿滿滿滿的都是歉然的情緒。

「如果可以從頭，我想，也許我不會做出這麼傻的決定。那時俯拾可得的幸福，因爲太容易，所以不知道要珍惜，以爲愛情就是這麼簡單，兩個人在一起只要開開心心就好。但是和雅伶在一起之後才知道，原來有些事情，是你想要簡單，對方卻想要複雜一點的。除了討好你喜歡的那個人之外，還要討好對方的朋友及父母，明明是兩個人就可以決定的事，偏偏要牽扯那麼多人進來討論，搞大陣仗後鬧得不歡而散……毓昕，我講這些並不是要埋怨什麼，也不是要說雅伶的不對，單單只是抒發情緒。妳知道我一向不喜歡半途而廢，對於感情也是。」

我看著他，突然有種了然於心的體悟。

有一些從分手之後一直想知道的答案，我覺得我應該要趁這個機會問問他。

「喂，李德銓，你說一下，爲什麼你和我分開後，還一直想找我出來聊一聊？難道你不怕我會懷恨地潑你硫酸？」

「妳會嗎？毓昕，妳太高估自己的仇恨心了，我知道妳不會。」

李德銓笑著，「會一直找妳出來聊一聊啊，是因爲我覺得妳向來是最懂我的那個人，有時候我只要起個頭，妳就知道我想要說什麼，而且雅伶的脾氣妳也清楚，所以我只要和她有爭執，第一個想到的人就是妳，直覺我跟她的問題只有妳能冷靜幫我們分析，給我最中肯的建議。」

「可是……」我支手抵著下巴，淡淡微笑，輕輕地說：「你有沒有想過，對一個被你拋棄的女生來說，不斷約她見面，又不斷和她談論你的新戀情，是件很殘忍的事？」

「……對不起，我眞的沒有仔細思考過。」李德銓懊惱地看著我，「我實在是……很豬頭！」

李德銓話一說完，我們都笑了。

「的確是很豬頭。」我點點頭，十分贊同他的論點。

突然覺得這樣很好！把該說的話都講開了，把當初的不甘心與捨不得都嘗試著放下了，退一步，回到朋友的關係，不再強求那個不屬於我的位置，好像也不錯。

「……所以，以後我心情不好的時候，還可以找妳出來聊一聊嗎？」

李德銓小心翼翼地問我。

「嗯……看我的心情囉。」我淘氣地笑了笑，在李德銓有些失望的表情中，繼續接著說：「心情好的話，就讓你預約見面和吃飯時間，心情不夠好，你就只能在我家樓下公園看到我，不過記得帶點貢品來當諮詢費。」

他笑了，笑得純真又陽光，就像我剛認識時的他一樣，那麼美好。

就算這樣的美好已經不屬於我，我也似乎不是那麼在意了。

也許，在我的世界裡，有更值得我在意的人。

一直緬懷過去的時光，並不能爲我的未來加分，反而是一種羈絆，絆住我飛往幸福的決心。

這一刻，我突然想念起嚴毅。

非常非常想念。

「喂，李德銓，我們走了，好不好？」

一開始想念，我就有點坐立不安，很想在下一秒就看見他。

「我突然想起我有件很重要的事沒做，這種事是有時效性的，我欠人家一句生日快樂。」

「是之前我看到的那個男生嗎?」

李德銓微笑。然後，我有點不好意思地點頭。

「加油啊。」他笑得眞摯溫暖，「有好消息，記得跟我說。」

「什、什麼好消息啊?你不要亂說!」我整個臉都在發熱。「我跟他就是好朋友嘛，你不要亂說。」

「很多情侶也都是從好朋友開始的啊。」李德銓拍拍我的手，「其實我一直希望妳可以幸福，找到更好的人，過得更快樂，這樣我才能眞的放心。」

「嘿!你不要以爲你這樣說，我就會原諒你以前對我做過的事喔，那些傷害啊，我都一筆一畫記在這裡啦!」

我指指自己的心臟，說:「我都記得牢牢的，打算以後告訴你的小孩，說你當初是怎麼傷害一個少女的純潔心靈，叫你的小孩引以爲鑑，長大不要跟爸爸一個樣。」

李德銓哈哈大笑起來，在他的笑聲中，我也抿著嘴淺笑。

眞好!能夠不去怨恨一個人，能夠在分手之後放下成見，見見面聊個天，這種感覺眞好。

「我送妳回家吧。」最後，李德銓這麼說。

☆對於失去的愛情，不要花力氣去緬懷想念，因為那並不會使我們的人生更美好。

✣

事情是怎麼發生的，我不知道。

醒來時，我躺在一整片白茫茫的世界，耳邊有人壓低音量說話的聲音。

我又輕輕閉上眼，覺得好累好痛，整個身體好像都不是我的，每個地方都傳來椎心刺骨的痛。

「……還沒醒嗎？」

好像是云芝的聲音。

「嗯，一直在睡呢。」

回答的聲音是嚴毅，聽起來好像很難過的樣子。

「有沒有摔到腦部？會不會失憶啊？」

「……許云芝，妳不要嚇我！」嚴毅的聲音突然激動放大，隨即又壓低音量，「這麼可怕的事，應該不會發生在她身上吧！她人那麼好……」

「好個屁啦！嚴先生，你有被虐狂是不是？林毓昕平常都以欺負你爲樂，你還覺得她好？」

「她哪有？我眞的覺得她很好呀。」

「哪裡好？你舉例說說看。」

「她有一般人看不見的善良，她很有同情心，她還很重感情，就算自己痛苦得要死，還是捨不得抛下曾經傷害過她的人，可以強顏歡笑地傾聽對方心裡的難過，給對方安慰跟建議，她……」

「你說的那個人是李德銓吧？」云芝打斷他的話。「我跟你說，她那個不叫善良或有同情心，她那個就叫『笨』，宇宙無敵霹靂的笨，徹頭徹尾的大傻瓜，她以爲聽李德銓發發牢騷就是在拯救他？她是笨蛋嗎？跟前男友糾纏不清，有沒有想到人家家裡有個厲害的女朋友，有沒有想到，說不定哪天人家女朋友發起狠來，一手刀子、一手硫酸地來找她談判，這不就是引狼入室？明明就是呆，只有你會覺得她這樣是重感情。都是傻瓜啊，你們兩個人！」

嚴毅沒馬上接話，過了一會兒，云芝又開口。

「喂，你還好吧？剛才沒怎樣吧？」

「沒事。」

「第一次看你這麼衝動，我都不知道原來你也會有情緒暴衝的時候呢。」

「別笑我了……喂，這件事要保密喔，不要讓毓昕知道，她說不定會恨死我！」

到底是什麼事呢？我開始好奇起來……還有，為什麼我的左腳跟我的頭特別痛啊？左手手臂也像被什麼東西壓住似地完全舉不起來。

那兩個人背對著我，完全不關心我死活地繼續聊著。

「說不定她一醒來就喪失記憶啦，所以你根本不用擔心，反正她也不會追問。」

「喂！妳不要亂說啦！妳這樣講我會擔心耶。」

云芝輕脆的笑聲響起來，又問：「等一下你先回去休息好了，我留下來照顧她，她醒來的話，我會打電話跟你說。」

「還是我留下來吧。妳明天不是還要上班？我的時間很彈性，妳就回去吧，這樣妳才能好好休息。」

「可是你是男生耶，你留下來照顧她比較不方便啦，如果她要上廁所或什麼的，你要怎麼處理？還是我來會好一點。」

嚴毅思考片刻，只能同意。

「那我明天早上再來跟妳換班，如果半夜有什麼狀況，妳一定要打電話給我喔。」

「好。」

腳步聲靠近後，我屏住呼吸，臉龐滑過一道溫暖的撫觸，然後我聞到嚴毅身上獨特的洗衣精香味。

心臟開始不受控制了。

「一個笨，一個傻。」

云芝沒有靠過來，發表評論時，手裡好像正在拆什麼東西，弄得塑膠袋窸窣作響，接下來是一股食物香氣，云芝掩不住興奮地說：「哇，好香喔！喂，嚴毅，要不要吃一點再走？我男朋友買來的滷味，超好吃的喔。」

「不用了，妳吃就好。」

我感覺到嚴毅又站了一會兒才離開我身旁，臨走前又交代云芝一有狀況一定要打電話給他。

「知道知道了，你快走吧！回去的路上小心一點……啊！還有，晚上你早點睡，明天早上不要太晚來，我明天下午一點的班，還要回去化妝換衣服呢。」

「好！明天早上要我幫妳買早餐來嗎？」

「不用啦，我男朋友說他會買過來。林小姐的部分你也不用費心了，讓她餓個幾餐死不了人的。」

嚇！這個可惡的壞女人，算什麼好朋友嘛！對我這麼心狠手辣，她又不是不知道我最不耐餓，只要一餓情緒就會失控，完全沒辦法理性下來。

嚴毅帶上門，離開了。

「好了，妳可以睜開眼睛啦！嚴毅走了。」

云芝嘴裡塞滿食物，含糊不清地說。

「妳怎麼知道我醒了？」

「我是誰妳不知道嗎？我是細心又貼心，觀察入微又不願一語道破的許云芝耶，傻傻的妳。」

我笑起來，結果不笑沒事，一笑，全身骨頭像要散掉了一樣痛。

「我怎麼了？」

「車禍。」云芝一派事不關己的輕鬆模樣，用竹籤叉叉了一塊滷味送進嘴裡，「左腳斷了，左手肘擦傷腫起來，左邊太陽穴的位置也擦傷啦，醫生評估要一個星期才能出院，一個月才能拆石膏，不幸中的大幸是腦袋沒有摔壞，不過很可惜也沒有把妳摔聰明。」

「車禍啊……」我無意識地重複云芝說的話，突然又想起來，「那、那李德銓他、他有沒有……怎樣？」

「別提那個狼心狗肺的人了。」云芝啐了一聲，「我說妳啊，怎麼老是講不聽啊？就說了那個人是團火，妳再接近他，早晚有天要被燒死的，妳怎麼老是要往有他的地方跑？真的是喔……氣死我了！」

我安靜地抓著身上的被子，在心裡胡亂猜測李德銓的狀況，云芝還能破口大罵指責他，那是不是代表他沒事？

「云芝……」

「幹麼啦？」

云芝的火爆脾氣還在發作，我看她還一臉憤憤不平的樣子，連忙噤口。

過了幾分鐘，云芝看我還眼巴巴地盯著她看，終於嘆了口氣，語氣不佳地說：「他沒事啦！他非常沒有情義地自己跳車逃生，只有手腳擦傷，上了藥就回家休息了，妳比較嚴重。」

我鬆了一口氣，李德銓沒事就好。

「真的不是我要說妳啊，李德銓到底是哪裡好啊？值得妳這樣子！」

「云芝，妳不要這麼討厭他啦，他其實還是有很多優點啊，雖然我現在跟他不在一起了，但不代表我們不能做朋友，畢竟曾經交往一段時間，所以某些程度上的默契還是有的。」

「最討厭妳幫他說話了啦！也不想想當初被拋棄的時候，妳每天都哭得像鬼一樣醜，害我很不顧形象地在電話裡對他破口大罵，現在事情過去了，妳跟他又有說有笑，那我那時是怎樣？兩肋插刀，然後插死自己！白忙一場的。」

「才不是白忙一場呢，我那時就覺得妳這樣罵人很帥啊！偏偏我就是學不起來。」

「學不起來？這種罵人的事，哪有什麼學不起來的？我看妳罵嚴毅倒是罵得很有心得啊。」

「哪有，我哪有罵嚴毅？有時候我只是對他講話大聲一點，又不是在罵他。」我替自己感到委屈。

「最好是沒有！我都看過好幾次了。」云芝捧著滷味走過來，用乾淨的竹籤叉了一塊切塊貢丸，送到我嘴邊，「要不要吃？」

「當然要。」我笑著，一口吃掉香噴噴的滷味，誇張地露出幸福表情，「哇，好好吃喔。」

「眞是敗給妳了。」

云芝又搖頭又嘆氣，嘴邊還噙著笑，一掌劈過來，剛好劈在我左手的傷口處上，見我唉唉叫，才用擔心的神情看我，語重心長地說：「妳啊，可不可以不要再這麼笨了？總是讓人家擔心妳，妳都不會不好意思嗎？」

✡我偶爾會在寂寞時想起你，想你微笑、想你說話的樣子，彷彿你也在，於是寂寞也就變得不那麼令人難受了。

✤

整個夜裡，我睡得並不安穩，那些傷口熱辣辣地疼痛著，有好幾次，在我快要睡著時，不經意的一個小動作，就又痛得驚醒過來。

可是，我只能咬著牙忍耐，不敢叫醒云芝，怕吵醒她，害她睡不好。人家有心在醫院陪我已經夠我感激了，要是害她睡眠不足，上班打瞌睡被老闆罵，我可就眞的過意不去了。

一直到早上五點多，護士進來幫我量過體溫及血壓，看過我的狀況後，我才終於累得沉沉睡去。

睡夢中，彷彿聽到有人爭吵的聲音，不是很大聲，遠遠的，也聽得不是很確切，好像正在爲什麼事激烈爭執著。我想拿枕頭丟過去，請他們安靜一點，我很累，還想睡，但手一動，就痛醒了。

剛醒來時還迷迷糊糊的，看見周遭陌生的環境，一時之間想不起來自己在哪裡，幾秒鐘之後才回憶起來……啊，我在醫院！

醒了才發現，睡夢中聽見的爭吵聲不是夢，是在門外眞實上演的鬧劇。

「哇，好熱鬧。」

我盯著白色天花板自顧自地笑著，眞是有活力啊，一大早就吵架。雖然不知道是誰和誰起爭執，不過云芝不在，說不定是跑出去看熱鬧了，等等再請她幫我實況轉播。

今天的情況好像比昨天更慘，因爲一身傷，整個晚上我只能平躺著，完全沒辦法動，連要側身都困難。一早醒來，整個背啊、腰啊，全都像要散掉了一樣痛。

嚴毅還沒來呀？我肚子餓了呢！

雖然云芝昨天提醒他不用幫我買早餐來，不過依嚴毅的個性，還有他對我的了解，等等他出現時，必定滿手食物，夠我吃上一整天。

正臆測著嚴毅會不會買我最喜歡的蛋塔和巧克力慕絲蛋糕時，云芝突然氣沖沖地衝進來，「碰」地一聲，用力甩門，大踱步走到單人病房的沙發前，一屁股坐下，雙手抱胸生氣著，眉頭都打結了。

啊！她跟男朋友吵架了嗎？

「……云芝？」我怯怯地出聲。

「先不要跟我講話，我還在生氣！」她直接了當地說，眼睛並不看我。

大概發生了什麼嚴重的事吧，不然云芝不會遷怒於我。

於是我只好乖乖閉上嘴。

又過了一分鐘，門被打開，云芝的男朋友走進來。

他先朝我這裡看一眼，見我睜大眼睛並沒有在睡，便禮貌性地朝我點頭招呼，接著走到云芝身旁，摟著她的肩，輕聲細語安撫她的情緒。

云芝依然怒不可遏，光看她身體因過分生氣，呼吸急促得身體輕微上下震顫，就能想像她的惱怒程度。

看來她不是跟她男朋友吵架，否則依云芝的脾氣，她男朋友在這種情況下敢摟她的肩膀，手沒被砍掉我就跟他姓。

梁禹浩還好聲好氣地在安撫云芝，幾分鐘後，云芝本來顏面神經全打了死結的臉部線條終於慢慢緩和。

「不是我凶，眞的是他媽的太過分了！你看過有人這樣子的嗎？不管好自己的人，放任人家在外面亂跑，現在又反過來興師問罪，有沒有這麼過分啊？」

云芝一面罵，還一面丟給我一個殺氣騰騰的眼神。這下換我神經綳緊了，難道跟我有關？

是不是……李德銓的女朋友找來了？

啊，八九不離十，云芝說李德銓昨天身上也多處擦傷，他這樣滿身是傷地回去，他女朋友哪有不追問的道理？李德銓又不是擅於說謊的人，他一定會全盤招供的。

「……云芝，是不是李德銓他……他……」

大概做了二十次以上的心理建設後，我才鼓起勇氣，怯生生地開口。結果話還沒順利講完，云芝的火氣就又來了。

「對啦！就是她啦！妳那個三八兼花痴還愛搶別人男朋友的白目學妹啦！一大早整個人像吃了炸藥一樣炸過來，老娘早餐都還沒吃，餓得跟鬼一樣，還得使勁吃奶力氣跟她大吼大叫，還好住在這層樓的病患不多，護士又趕緊跑來阻止，不然明天妳肯定會在報紙上看到她掛掉，我被警察抓去關的消息。喔！愈說愈氣，怎麼有人可以白痴成這樣？粱禹浩，我的奶茶呢？我罵人罵到都口渴了……」

粱禹浩連忙送上插好吸管的奶茶，云芝用力吸了幾口後，怒目餘光又掃向我。

我呼吸瞬間一窒……完了！這位俠女又要開始發飆了！

「眞的不是我要說妳，早就跟妳說了下場會怎樣，妳偏不聽。現在好了，人家眞的找到這裡來了，妳看看要怎麼辦？我跟妳說，這種事眞的不會這樣就結束，那個三八婆現在知道妳住哪間病房，依她的個性一定還會來鬧，妳自己決定看看是要轉院還是轉病房，已經要費精費神照顧妳了，我可沒心力去對付那隻三八鬼，這種事來一次就夠了，再來第二次我肯定會出手打她，妳信不信？」

云芝一口氣說完，杏眼圓睜，還氣得鼻孔一張一闔。我乖乖地緊閉嘴唇，大氣都不敢吭一聲。

幾年相處下來，我多少能抓到一些云芝的脾氣。她在罵人的時候，最好都不要回話反駁，否則只會更加激怒她，本來幾分鐘就可以罵完的話，她會沒完沒了地罵下去。

正當整間病房一片寂靜，我和粱禹浩沒人敢出聲，而云芝又氣得不想再說話時，房間的門被打開了。

「早安。」嚴毅一開門，人還沒進來，一張掛滿笑的臉先探進來，發現氣氛不對勁，才收起笑容，走進來，關上門，小心地問：「你們……怎麼啦？」

云芝二話不說，站起身走到置物櫃拿了包包，轉身就走。

梁禹浩則在追出去前，用嘴型無聲提醒我「好好休息」，跟著消失。

嚴毅一頭霧水看向我，見我一臉愁容，連忙舉高他手上帶來的慰勞品。

「噹噹噹！大會報告，大會報告，哪位小朋友遺失香噴噴，又Q又酥的蛋塔，和超綿密濃稠的巧克力慕斯蛋糕？快來帥氣叔叔這裡領取，逾時不候喔。」

果然都是我喜歡吃的……只是，我才剛被罵耶，現在哪有心情吃東西！

「怎麼啦？今天不想吃蛋塔和巧克力慕斯嗎？」

見我沒有預期中的興奮反應，嚴毅連忙把東西放在桌上，拉了把椅子坐到我身旁，關心詢問。

我低著頭，搖了兩下，「沒心情。」

「被云芝罵？」嚴毅一猜就中。

我無力地點了點頭。

「這次又是爲了什麼事呢？」

「我現在沒心情說。」

嚴毅安靜地看了我幾秒，站起身，從紙盒裡拿出巧克力慕斯遞到我面前。

「那就先吃巧克力慕斯蛋糕吧！聽說巧克力可以讓低落的心情變快樂。」

我還是搖搖頭。

「肚子餓心情會更不好喔，眞的。」嚴毅拿起叉子，挖了一口送到我嘴邊，說：「多少吃一點。」

就這樣，我被逼著吃了幾口蛋糕，吃了後才想到……

「喂！嚴毅，我吃的是巧克力慕斯耶！」我大驚失色。

「對啊，怎麼了？」

「完蛋了啦！巧克力是黑色的對不對？」

「對啊，怎麼啦？」

「完了完了完了……我臉上有受傷耶，我還吃黑色的東西，黑色素會沉澱啦！」

我講完，嚴毅先是愣了幾秒鐘，隨後大笑出聲。

「誰跟妳說的？」

「我阿嬤啊。」我煞有其事地解釋，「我阿嬤說有傷口就不能吃黑色的東西，黑色素會沉澱，留下疤痕……唉喲，怎麼辦啦？我醜掉了啦！唉喲……」

嚴毅憋住笑，強作正經地問我，「那喝豆漿能不能補救回來？豆漿是白色的喔。」

✡只要心情不好，一看見你，憂鬱的症狀就彷彿能減輕，這是什麼道理呢？

✤

填飽肚子，果然心情跟著好轉。於是我簡略地向嚴毅報告云芝發飆的起因跟過程。

嚴毅只是淺淺微笑，並不發表什麼評論，直到我開口問他該如何處理時，他才一副並沒有什麼嚴重事情的模樣回答，「那就換病房吧。」

「我的第一考量也是這樣，只是……萬一又她被找到那要怎麼辦？」

我憂心忡忡地看著嚴毅。

「反正又不是要在這裡住一輩子，而且醫院也不可能隨便把妳的病房號碼告訴別人啊！回頭我去護理站交代一下，這件事妳大可放心。」

嚴毅的話讓我安心不少，一放鬆，才留意到嚴毅鼻梁上有一道兩公分左右的傷口，臉頰上還有瘀青。

「喂，你怎麼了？」

見我直盯著他的臉看，嚴毅下意識地伸手摸了摸臉，笑笑，「沒事啦，就走路沒留意被絆倒，撞到的。」

「有沒有擦藥？」

我伸手去摸他鼻梁上的傷口，大概是弄痛他了，嚴毅悶哼了一聲，頭往後一仰，讓我的手跟他的傷口保持距離。

「很痛？」

「嗯。」嚴毅點頭，又像要安慰我別擔心似地馬上扯出笑容。

「要不要貼ＯＫ繃？貼在鼻梁上會很酷耶。」

「不要！」嚴毅揚聲拒絕，「那樣很蠢好嗎？」

「你怎麼會這樣想呢？我覺得應該會很酷啊。喂，我包包裡好像有ＯＫ繃，你幫我拿來。」

「我覺得沒有那麼嚴重，所以應該不用吧……」嚴毅還在垂死掙扎，見我睜大眼惡狠狠瞪過去後，馬上苦笑妥協，「……我、我開玩笑的，哈哈。」

掏了半天，他終於從我包包裡掏出一盒被壓得扁扁的紙盒，從裡面拿出一片ＯＫ繃交給我。

「臉過來一點，我幫你貼。」

費了好大的勁，我才用沒受傷的那隻手和萬能的嘴合力撕開ＯＫ繃一邊的膠紙，要幫嚴毅貼上時，他還躲了幾次。

「喂，大方點。」我繼續目露凶光，他只好乖乖配合，把臉湊到我面前來。

「這樣才乖嘛。」我一面說，一面把撕開膠紙的ＯＫ繃先量好位置，貼在他鼻梁旁固定住，再撕開另一邊的膠紙。

大功告成後，我得意地笑了。

「後退一點，我看一下帥不帥。」

嚴毅乖乖聽話後退，我看了一眼他那張被我搞得有點滑稽的臉，拚命忍住笑，說：「很帥嘛！喂，我的手機給我一下。」

「打電話給誰？要我幫忙嗎？」

拿手機給我時，嚴毅好心地問。

「不用，你乖乖站好就好，我可以自己來。」我一邊說，一邊開啓手機的照相功能，對準嚴毅，抓好焦距後，說：「來，笑一個喔，西瓜甜不甜？」

「酸！」嚴毅笑不出來。

「西瓜哪有酸的？」拍好後，我放下手機，「頂多是多汁不甜，哪有酸的？」

「是我的心酸啊！妳一定要把我的蠢樣拍下來嗎？」

「哪會蠢？」我把剛才拍好的照片找出來讓嚴毅看一眼，笑著，「明明就很可愛，這個我要留著，以後給你小孩看。」

「妳的手機能用到那時候再說。」

「嘿！此言差矣……這位嚴先生，你不知道世界上有傳輸線這種東西，可以把手機裡的照片傳輸到電腦裡，還有一種叫光碟的東西，可以把電腦裡的檔案燒錄下來嗎？」

我得意洋洋地笑著。

嚴毅拿我沒轍，又問我，「要不要再吃點什麼？我還買了水果來喔。」

「蘋果。」我指定，也不問他買了什麼，說：「你會連續不斷地削出一條完整的蘋果皮嗎？」

「沒試過。」

「要不要試試？」

「不想。」

「拜託啦，試一下嘛。」我露出渴望的神情，用亮晶晶的眼睛望著嚴毅，「以前看電視劇，看到戲裡有男生削蘋果給女生吃的情節，都覺得好羨慕耶，那時就想，要是哪天我生病住院，有人削蘋果給我吃，可以削出連續不斷長長的蘋果皮的話，我一定會超級幸福。」

「妳是想吃蘋果皮還是蘋果？」

「當然是蘋果啊，誰會想吃蘋果皮啊？」

「這不就好了？既然妳想吃的是蘋果，那蘋果皮有沒有斷，干妳的幸福什麼事？」

我一時語塞，瞪著嚴毅，卻找不到話可以反擊。

「好啦！我試試看啦。」

約莫半分鐘，嚴毅就放棄堅持了。他拿起一顆鮮艷欲滴的蘋果，洗完，再拿起自備的水果刀，開始認眞地削蘋果。

起先，我只是安靜地看著嚴毅怎麼削蘋果，後來被他身後從窗外灑進來的陽光分散了注意力。看嚴毅整個人沐浴在亮晃晃的陽光裡，這樣的畫面像一幅畫，一幅寧靜祥和的畫面。

「喂，嚴毅。」我輕輕地出聲。

「嗯？」嚴毅沒抬頭，只哼了聲，繼續埋首認真削蘋果。

「嚴毅，我欠你一句生日快樂。」

這回，嚴毅果然停下動作了。他一停，還差一點點就削完的一整條蘋果皮應聲而斷，掉到地面去。

「糟糕！我力氣沒控制好，太用力，斷了。」

嚴毅一臉鐵青，一副很怕我叫他再重削一顆蘋果的表情。

「沒關係啦，眞的。」我的嘴角漾起笑，淡淡的。「生日快樂，嚴毅。雖然晚了一天，但我一直想要當面跟你說。」

嚴毅呆愣了大約一分鐘才慢慢反應過來。他用手按著胸口，笑得很孩子氣，「好奇怪！我居然心跳加速，哈哈。」

「幹麼心跳加速啊？」

「我哪裡知道啊？它就……就是加速了啊。」

「只是一句『生日快樂』耶，又不是什麼告白的話，你心跳加速個什麼勁啊？」

「就說了我不知道嘛，妳幹麼跟我玩這種幼稚又低層次的鬥嘴？」

「你不是也鬥得很開心？」我指指他的臉，「你嘴巴都在笑耶。」

「那是在哭啦，哪有笑？」

「明明就是在笑。」

「強顏歡笑這句話妳聽過沒？那就是我現在的寫照。」

好像總是要失去過才能眞的明白，有人陪伴的感覺是這麼地好，就算是鬥嘴，也覺得好幸福。

在那一瞬間，我突然有了「請讓時間停下來」的想望，好讓我能永恆地保留住此時此刻單純的快樂。

✡我們總渴望能永恆，但永恆是什麼呢？後來我明白，也許只是一個微笑、一個眼神，刻印在心裡，那就是永恆了。

✣

幾天後，我出院了。這期間，李德銓的女朋友沒再來找過我，大概是因爲換了病房，加上嚴毅和護理站溝通過，不管誰來問，都不要透露我的病房號碼的關係。總之，李德銓的女朋友沒再來鬧場。

倒是李德銓傳了幾封簡訊給我，簡訊內容除了抱歉害我受傷，也爲他女朋友來醫院大鬧的行徑道歉，他說他完全攔不住她。

我沒有生氣，也沒有什麼難過的情緒，反而很能同情他的處境，也能體諒他女朋友爲了捍衛愛情採取的激烈方式。

在愛情裡，我們都容易患得患失，害怕失去、害怕被背叛、害怕不能永恆。

因爲太喜歡一個人，所以就變得沒有自信。

我向公司請了長假，也做好放完假可能會被解雇的心理準備。

「妳這樣的想法太悲觀了啦。」

嚴毅一邊下廚煮鮮魚湯麵，打算讓我多補一下，一邊發表他的感想。

「可是這就是現實啊，嚴毅。我們的工作跟你這種自由業不一樣，我們必須每天上下班打卡，必須看老闆或主管的臉色過日子，必須逢迎拍馬，才能保住可以溫飽的工作，雖然有時會覺得很累很煩，可是，這就是人生。」

「每個人都有自己的壓力。像妳看我好像很自由，愛睡到幾點就睡到幾點，想做什麼事就去做，想開稿寫書就去寫，想休息去旅行就去旅行，外人看起來，會覺得我過著很棒很自在的生活，但我也有我自己的壓力，我也可能寫不出東西，或是寫出來的東西沒有創新感的壓力，我也怕自己喜歡的作品沒辦法被大眾接受，也擔心書店排行榜上沒有自己的名字，更擔心萬一寫不出東西來，那我的三餐會不會就沒有著落了……所以，妳要感到幸福，妳的工作累歸累，至少妳有同事和妳並肩作戰，至少妳有提供妳薪水的老闆，至少妳還有一天到晚想找妳麻煩，促使妳不斷向前衝的主管……我覺得妳這樣是很幸福的。」

我有點被嚴毅說動了，覺得自己好像也沒有那麼慘嘛！反正陪我慘的人還那麼多，比我慘的人也大有人在。

惜福，是嚴毅一直教導我的課題。

「來，快點趁熱吃。」嚴毅把剛煮好的麵端過來，我聞到香噴噴的鮮魚湯味，肚子就餓起來了。

「你也一起吃吧。」

我勉強站起身，用單腳一跳一跳地跳到廚房多拿了一副碗筷。

嚴毅衝過來，拿走我手上的碗筷，攙扶著我，擔憂地說：「妳小心一點啦，要拿什麼東西跟我說就好，我可以幫妳拿啊，萬一又滑倒了要怎麼辦？我又不能這樣時時刻刻照顧妳，再過一陣子，我又要去北京幾天了……」

我一聽，馬上站立不肯動，抬頭看著嚴毅，他還攙著我的手臂，要扶我走到沙發。

「怎麼啦？」見我不肯移動，嚴毅奇怪地看我。

「要去幾天？」我問，分不清是擔心還是恐懼，「怎麼都沒跟我說？」

「現在不是說了？」嚴毅笑，「而且也不是去很久，幾天就回來了，到時妳腳上石膏拆了，跟以前一樣可以活蹦亂跳，也不用我在一旁照顧啦。」

我沒回話，心裡覺得氣惱，嚴毅不知道，我已經開始習慣有他陪的日子，只要想到他可能會離開我到另一個城市去，就會有種幾近缺氧的窒息感。

和嚴毅一起吃麵的時候，我特別安靜。

嚴毅抬頭看了我幾次，我知道，但我還是沒看他，也不找話題跟他聊。

「妳不說話的時候，看起來很嚴肅呢。」

「嗯。」

「有心事嗎？」

「沒有。」

「一看就是心情不好的樣子耶。」

我抬眼看他一下，又低頭繼續吃我的麵。

躊躇片刻，嚴毅終於開口，「不要心情不好啦！我送妳一個東西，保證妳會喜歡的。」

嚴毅總能抓住我的弱點，他知道我很喜歡收到禮物時的感覺，所以拿這個來利誘我，迫使我抬頭看他到底會拿出什麼保證我喜歡的東西來。

他連忙離開座位，衝去打開他的背包，從裡面掏出他要送我的禮物。

「噹噹噹噹！不、求、人。」

他拿了一根以前我阿公抓背用的「不求人」耙子，雙手捧著遞到我面前，上頭還綁了個很可愛的粉紅蝴蝶結。

「你送這個幹麼啦？」

我看著，忍不住笑起來。

「妳不是常說石膏包住的地方都很癢，偏偏妳又抓不到嗎？所以我想它應該可以幫上妳的忙。」

「神經！它的頭那麼大，根本就伸不進去石膏縫裡啊。」

「妳可以用另一頭啊！」嚴毅從我手中拿走「不求人」，用把柄那一頭伸進石膏縫裡幫我抓癢，「而且還可以抓妳的背喔，用途很多呢。」

我把「不求人」搶過來，在他面前揮了揮，「用途很多這個我知道，它除了可以用來抓癢之外，還能用來打人，我媽以前都是用這打我的。」

平凡的日子一天一天過去，然而，不管再怎麼平凡，嚴毅總是在身旁。

早上，他會在云芝上班之前來到我家，有時帶幾本書過來，陪著我的時候他可以順便看。有時他會抱著筆電過來，我看電視或睡午覺時，他可以開電腦寫稿，或回一些mail。

云芝自從那次在醫院裡對我發完脾氣，就沒再跟我提到關於李德銓或他女朋友的事，一次也沒有。

我分不清她是氣消了，還是根本就已經心灰意冷了。總之，我抱著多一事不如少一事的心態，她不提，我也就不主動解釋。

對於李德銓，我應該是眞的釋懷了吧！

本來也以爲自己沒辦法的，畢竟對那段感情曾經那麼執著。

但是一步一步地走，終究還是走過來了。時間眞的能平撫很多傷口，不管是身體上或心靈上的。

原來，一直害怕去面對的東西，一旦眞的面對，好像也沒那麼可怕了。

就像我始終都不願意相信李德銓已經離開我的事實，鴕鳥般地以爲只要我不要承認，我和他終究還是有重新繼續的一天。但是，話講開了才知道，原來要承認自己已經失去他，並不是那麼困難，也沒有想像中的捨不得。

我一直把自己困在自己的想像裡，所有的想法及意念都走偏了，所以不管云芝怎麼嘲諷、嚴穀怎麼勸說，我就是沒辦法清醒。

但是現在我懂了，懂了自己的堅執其實只是不甘心，非常無聊的理由。

也明白除非是自己想通，否則不管是誰來規勸都沒用。

✡一直害怕去面對的東西，一旦眞的面對了，其實也沒那麼可怕了。

第四章．寂寞

嚴毅，你是否也有特別寂寞的時呢？

我常常都覺得自己很寂寞。一個人，走在熙來攘往的街頭，看著身旁儷影雙雙的年輕男女，相較於自己孑然一身的形單影隻，總覺得特別寂寞。

但是，並不是有人陪，就能排遣寂寞。

當內心感到孤寂，就算身旁有再多的人，就算音樂再輕快，就算人們的笑聲再開朗，還是沒有辦法將那些潛藏在我心底的孤單消滅掉一分一毫。

人總是很愛做表面工夫，看到臉上掛著微笑的人，有誰會知道，他的內心其實正在哭泣著。

我也是如此。

可是嚴毅，你說過，寂寞也可以是一種享受，雖然我不太懂。

你說，寂寞時就看一部不寂寞的電影，或是讀一本不寂寞的書，那麼，寂寞也就變得微不足道了。

嚴毅，這是我一直羨慕你的地方。

你總是可以把平凡的日子過得很精彩，把悲傷的寂寞，變得很微渺，因而，這個世界對你來說始終很美好。

我也開始學習，學習你對寂寞時刻處之泰然的心境，學習你對悲傷一笑置之的灑脫，學習你用心靈隨時記錄感動的剎那。

學習你的生活方式，是不是就能更貼近你、更貼近幸福一些些？

嚴毅，其實我更想知道，在你特別寂寞時，我會不會是你偶爾會想起的那個人？

在我寂寞的時刻，我第一個想到的，通常就是你。

然後，心就變得溫暖了。

嚴毅搭機前往北京那天，云芝特地請假陪我去醫院拆石膏。

「糟了，我好像有點長短腳。」

要離開醫院時，我走在通往停車場的醫院走廊上，發現自己的異狀。

「肌肉萎縮吧！妳那隻腳偷懶了一個月都沒動，當然會有點萎縮啊。」

「啊，那要怎麼辦？」

我緊張起來。雖然不是萎縮得很嚴重，走起路來也不特別明顯，但我就是能感覺不大一樣。

「復健吧。」相較於我的憂心忡忡，云芝倒顯出一副無關緊要的平靜，「就多走路經常，拍打按摩，說不定有效。」

於是，我在沒有嚴毅的城市徒步行走，有時在住處附近的公園走走，有時穿越重重人潮，來到人聲鼎沸的鬧區。有時，什麼都不想，只是隨處亂走。

在我受傷休假期間，因爲同事總是處理不好我那些看似簡單，其實一點都不簡單的繁瑣工作，那個老愛找我麻煩的小組長終於發現我的好，主動來探望過我幾次，並表示老闆承諾可以等我的傷完全復原了再回公司上班。

雖然曾經抱怨過老闆機車、小組長欺人太甚，不過，眞正發生事故時，他們的關心還是讓我窩心。

有一次，我走到一間書局門口，只遲疑了兩秒鐘，就決定走進去。

在琳瑯滿目的手札區，我挑了一本看起來大方簡約的小手札。

「當情緒波動時，可以把當下的感覺寫下來，把當時悲傷的、感動的、快樂的、憤怒的心情，全都記錄下來，過一陣子再回頭看，妳會發現，其實很多負面的情緒都是多餘的。人的記憶有限，時間會幫我們篩選掉不好的部分，只留下好的回憶。於是，當妳走過一段路，再回過頭看，妳會明白那些所謂的壞心情，眞的都只是一時的情緒過程，只有那些感動的、快樂的正面情緒，才能永遠。」

嚴毅曾經這樣說過。

因爲我想感受嚴毅的感受，驗證他說的話，所以我買了手札，開始認眞記錄那些滑過我心頭的瞬間感受。

街上戀人雙手交纏的甜蜜、孩子奮力幫媽媽提菜籃的貼心、年輕女孩攙扶著行動不便的長者過馬路的良善、烏賊計程車從身旁呼嘯而過的咒罵、路邊樹木長出嫩綠枝椏的感動……每個片段、每個瞬間，都是我記錄的素材。

後來我發現，眞的就像嚴毅說的，很多當下會覺得受影響的負面情緒，一段時日後再回頭來看，也就沒什麼了。倒是那些感動的片段，可以回味很久很久。

就在嚴毅傳簡訊給我，告知我他隔日將返回台灣的那一天，我從公車站下車走路回家的路上，碰巧遇到李德銓。

「林毓昕。」李德銓先發現我。

「啊，好巧。」

我有一些些詫異，隨即對他綻開笑容。我的手上正拿著手札在記錄剛才坐公車時的心情，李德銓走到我面前叫住我，我看見他臉上掛著笑。

「在寫什麼？」他伸長脖子過來看。

我連忙闔上手札，藏到背後去，有些侷促地說：「沒什麼，就亂寫啊。」

「妳也開始寫東西啦？」

「嗯？」我不明白他爲什麼會這麼問。

「妳朋友啊，我聽說他是個作家。」

「喔……對。」我恍然，然後點頭。

「所以妳也受他影響，開始寫東西啦？」

「沒、沒有啦！我哪有那麼厲害？就只是隨便亂寫，記錄心情而已。」

我笑得有些尷尬，像做什麼壞事被抓包一樣，渾身不自在。

「那後來你們在一起了嗎？」李德銓話題一轉，又問。

「什麼在一起？沒有啊。」

「他沒向妳告白？」

李德銓愈說我愈糊塗了。

「他幹麼要向我告白啊？我們……又不是……」

「眞是怪了！我以爲他會跟妳說的。」

「說什麼？」

「……算了，那不重要！」

「喂，李德銓，話不要講一半好嗎？你知道我一向最討厭人家開口起個頭，然後就讓人去猜，聽的人很容易猜到腦神經衰弱耶！你要不要乾脆一點，直接跟我宣布答案？」

「這種事又不是我說了算，總要當事人說才算數，對吧？」

李德銓的脾氣我還會不知道嗎？他是標準的守口如瓶，一旦被交代不要說出去的事情，他絕對不會講，一旦他決定不說的祕密，打死他也不會透露半個字。

所以我只好算了，反正再問也問不出什麼答案來。

「那你呢？要去哪裡？」

既然問不出答案，那不如換我來關心他。

「沒啊，就隨便亂逛，反正自己一個人也不知道要去哪裡，就隨便走走囉。」

「吃過飯沒？」

李德銓搖頭。

「那還不快回去吃飯！等一下雅伶等不到人又要生氣了。」

「不會，她不會再生氣了。」

「哇！她長大成熟啦？」我訝異地張大眼。

「不是。」李德銓苦笑，「她說要冷靜一陣子，所以搬走了。」

「啊……」

我一副好像看到外星人的驚訝表情，嘴巴張得大大的，一時之間不知道該怎麼反應才好。

「不要露出那種表情嘛！」李德銓被我的反應逗笑，「又沒什麼好奇怪的，雅伶老說我沒辦法給她安全感，她跟我在一起沒辦法真正快樂，就算我給她再多的愛和關心，對她來說還是不夠。她希望我們可以分分秒秒在一起，但我有時會渴望獨處的自由；她希望能融入我的生活，但又不願意參加我和朋友的聚會；她希望我換個薪水更高的工作，但我很滿足於目前的工作環境跟薪資。我們爭吵了很多次，她希望像公主一樣被對待，可是眞實的人生拋不開柴米油鹽醬醋茶，再加上……上次我和妳出去，她受了很大的刺激，再也沒辦法信任我，每天都像個偵探一樣的想從我身上調查出任何我不忠於她的蛛絲馬跡，到最後連我都受不了，最後一次爭吵時，她提出想要分開冷靜一段時間的要求，所以我們就……」

李德銓露出比哭還難看的笑，我卻能懂得他心裡的傷痛。

因爲經歷過，所以我能體會。

我安靜地看著李德銓，很安靜很安靜地看著他。

我看見那些在他眼底流竄的悲傷，我看見他唇角噙著的笑有多寂寞，我在他身上看見自己當年被愛情傷透心的孤單影子。

「喂，你沒事吧？」

我伸出一根手指頭，戳戳他的肩膀。

「沒事啊。」李德銓笑笑，「妳的腳還好嗎？上次眞的很抱歉，是我自己騎車太快，沒有留意到突然從巷口衝出來的車輛，煞車不及就撞上了。」

「沒關係啦，都好了。」我眞心誠意地說。

眞的！誰都不想發生這種事，但它就是發生了。

我和李德銓又在路邊聊了一下子，我勸他再去把雅伶追回來，他希望我遇到好的對象要好好把握，然後，我們揮手道別。

當我轉身朝我家方向前進時，李德銓又從我背後叫住我。

「毓昕，有空再一起吃個飯吧。」

隔著十來公尺的距離，李德銓對我說。

「好啊。」

「那我們保持聯絡喔。」

「嗯。」我舉高右手，朝他揮了揮，就像以前戀愛時，每次他送我回到宿舍，轉身準備要離開，我總會捨不得地舉起手來和他揮手道別那樣。

「李德銓，如果你努力過了還是追不回她，也不要太難過。其實失去也沒什麼大不了的，不過就是生命裡多了一塊缺口，你只要努力塡補，不要讓缺口潰瘍，總有一天你還是會痊癒的。所以，加油！」

✡失戀其實真的沒什麼大不了的，不過就是多了塊缺口，但它總有復原的一天。

✤

嚴毅下飛機時，我正在上班，很不專心地在上班。

我不斷留意著牆上的時鐘，知道他的飛機抵達台灣，猜測他應該正坐在返回高雄的高鐵列車上，想像他或許會不小心在高鐵上累得睡著。

每隔幾分鐘，我就會把手機拿出來看一下，猜想也許嚴毅會打個電話給我，就算沒來電，至少也該來一通簡訊，告訴我他回到台灣了。

但是，沒有。

完全沒有。

我好失望，嚴毅也太不夠朋友了！那他昨天傳簡訊跟我說他今天會回台灣是什麼意思嘛。

不明白這樣的期待與失落是為什麼，我好像愈來愈不懂自己了。

壞心情就這樣一直持續到下班，連白目小林都看不下去，在打卡鐘前攔住我問：

「妳今天那個來啊？」

「什麼?」

「那個啊!」白目小林難得也有害臊的時候,他先四下張望,確定沒有閒雜人等,才一隻手擋在嘴邊,湊近我的耳朵,小小聲地說:「女子月月有啦。」

「什麼?」

「喂,妳真的很笨耶,就是『好朋友』啦,一定要講這麼明嗎?」

「神經病!你才『壞朋友』來呢。」我瞪他。

「好朋友沒來,妳怎麼一臉屎樣?一副全世界的人都辜負妳的臭臉。」

「這種事不勞你費心,我臉再怎麼臭,也不干你的事。」

「哪會不干我的事?妳心情不好,工作效率就不高;妳工作效率不高,手上的工作就沒辦法迅速完成;妳手上的工作沒辦法迅速完成,就沒辦法幫我做我的工作;妳沒辦法幫我做我的工作,我的心情就會不美麗。所以妳說,妳心情不好,我是不是也算間接受害者?」

白目小林講得頭頭是道,我只想賞他一記左勾拳。

努力壓抑住自己揮拳的衝動,我打算先不跟白目小林計較,送他一個凶、狠、猛的超級衛生眼後,我拎著包包決定走人。

著我。

然而，我才走出辦公大樓，就看到嚴毅正好整以暇地站在路旁，一臉溫暖笑意地看

有些錯愕、有些驚喜，還有很多無法形容的情緒排山倒海向我襲來。然後，我有了想哭的衝動。

彷彿這些日子來的想念、這些日子來的忍耐，全都得到了救贖。

是嚴毅解救了我。

「嗨！好久不見。」他走過來，舉起手向我打招呼。我的眼眶熱熱的，鼻頭酸酸的，真的……好久不見！

想念的日子，總是度日如年，分秒難熬。

太習慣有他在身旁，所以他一不在，我就開始恐慌，好像生命頓失重心。

心情不好，想找人吐心事的時候；肚子餓不知道要吃什麼，又找不到人商量的時候；夜色太美，想找人散步的時候；每隔一陣子就開始懷念甜甜圈味道，卻沒辦法出去買的時候……一層一層，堆積著我對嚴毅的思念。

即使他才離開不到半個月，即使他每隔幾天就傳簡訊給我，我還是沒辦法適應他不在一旁安靜陪伴，或是微笑鼓勵的日子。

「怎麼了？」

嚴毅低下頭，將臉湊到我面前，關心地看我。

「沒事沒事，只是眼睛有點酸。」我揉揉眼睛，旋即漾開笑，刻意大聲說話以掩飾自己的軟弱，「嘿！去吃點什麼東西吧，我幫你接風。」

「接什麼風啊？有必要搞得這麼隆重嗎？」

「這是一定要的啊。」我說，拉住他的衣袖，就要他跟著我，「我請你吃大餐，保證超好吃，你一定會愛死的。」

嚴毅這回沒反抗，乖乖跟著我走。

走了幾步，他說：「腳傷還好嗎？走路會不會痛？」

我把剛拿掉石膏後，左腳略微萎縮的情形據實以報。

「不過，云芝叫我多運動，還要拍打按摩，我就盡量多散步，有時坐公車回家，會刻意在前一站下車走一段路。嚴毅，你記不記得你曾經告訴我，如果時間還充裕，路，就慢慢走，慢慢走，才能看見沿途美好的景致。」

我看著他說，輕輕地，唇角滑過一抹笑意。

「我發現你說的是對的。以前，下班後我總是匆匆忙忙急著回家，從來不曾留意過身旁景物。後來才發現，原來我們居住的城市這麼美麗，點點滴滴都能醺就感動。」

嚴毅沒說話，只是笑，但是我知道，他懂。

他懂我想要表達什麼，他明白我說的那種感動是什麼。

「爺爺，我們要十五個水煎包。」

站在水煎包爺爺的攤位前，我對爺爺露出璀璨無比的笑。

爺爺一面顫著手將水煎包兩顆一袋地分裝好，一面看看我，又瞄瞄嚴毅，頗有深意地跟著笑。

「年輕人的感情眞讓人羨慕啊，以前我跟我老伴的感情和你們兩個人一樣好耶。」

「爺爺，我們不是……」不是你說的那樣。我後面的話還沒講完，嚴毅就撞撞我的肩，示意我算了，不用再解釋。

我只好乖乖閉上嘴。

「觸手可及的，就要珍惜，那才是眞的幸福，不要一直去追那些不屬於你的，反正再怎麼努力也追不到，只是白忙一場而已。」

離開前，老爺爺對我們說出這些頗有涵意的話，然後像自家長輩般，叫我們有空多來看看他，再頷首和我們道別。

「來！這是我的接風大餐，超——好吃的唷！你嚐嚐。」

我遞了一包水煎包給嚴毅，他拎著塑膠袋，瞧了瞧我，見我一臉正經、煞有其事的模樣，便笑得開心。

「快吃啊。」我催促。

嚴毅一面笑，一面打開塑膠袋，咬了一口。

「怎麼樣？我說得沒錯吧？果然很好吃吧！」

「嗯。」嚴毅配合演戲地點點頭，說：「我從來沒吃過這麼好吃的水煎包耶。」

「嘿嘿，我就說吧，你一定會喜歡的。」我刻意假笑了兩聲，又說：「你知道爲什麼你會喜歡這個味道的水煎包嗎？」

「嗯……爲什麼？」

「因爲它……充滿家鄉的味道。」我說，然後用力地抱了他一下，「歡迎回家。」

✡偶爾，總要等到拉遠了距離，思念才愈加具體，然後氾濫成災。

那天晚上，嚴毅帶著我和那一大袋水煎包，以及兩瓶曲線瓶可樂，來到平常我們看夜景的地方。

嚴毅和我聊著他去北京發生的一些事。

然後他說，過幾天他又要開始閉關寫東西了，他覺得這一次，他要用更慎重的心情寫下他的新故事。

我聽著的時候，雖然覺得這麼認眞對待自己工作的嚴毅很帥，可是心底依然隱隱冒出小小的憂慮，擔憂和他見面的時間變少了，萬一想要找他出來吃飯或走一走，只能小心翼翼地克制住，不能太任性。

「嘿，怎麼了？幹麼一副心事重重的樣子？」

就算努力讓自己看起來無恙，仍被嚴毅看出些端倪來。

「沒有啊。」我刻意裝作若無其事地打哈哈，「我是在為你開心嘛！因為你已經慢慢走出低潮，開始朝你自己努力的方向前進，所以我很高興，有種……嗯……與有榮焉的感受唷。」

「傻瓜。」嚴毅摸摸我的頭，說：「手機我會二十四小時開著，妳需要的時候就打給我，想要找人倒心裡垃圾、想要有人陪妳咒罵公司主管，或是想要找人一起吃晚餐，都可以來電，我一定會接，萬一我不小心睡死沒接到，醒來看到也一定會回。」

我看著他認眞的表情，心頭滑過一道暖流，燙熱的溫度攀升到眼底，化作一層薄薄的霧，覆蓋在眼前。

爲什麼他可以這麼了解我？

那些潛藏在心裡的想法，那些努力隱藏的念頭，他全都能夠一一洞悉，並大方給予讓我不至於驚慌失措的保證。

幾天後，嚴毅眞的去閉關寫稿了，我的手機變得不再熱鬧，沒他打電話來，手機鈴聲安分很多。

有一天晚上，我特地下廚煮了咖哩飯。那天云芝上早班，她男朋友又要加班，不能陪她，所以下班後，她只好乖乖回家陪我吃晚餐，沒留在外面鬼混。

我學餐廳先把白飯用碗裝起來，再反蓋在白色瓷盤上，淋一圈咖哩醬在白飯周圍，這樣看起來除了美味，還頗有在餐廳吃咖哩飯的感覺。

「嚴毅最近怎麼這麼安靜，好像很多天沒看到他了。」
和云芝面對面坐著吃飯時，她突然這麼問我。
「他趕稿。」
「這麼辛苦呀！」
「他說這次這本書對他來說很重要。雖然我不知道到底有多重要，不過他好像很看重這次的作品，所以我就……盡量不去吵他。」
「不會寂寞嗎？」
「啊？」我咬著沾有咖哩醬香味的湯匙，不明所以地看著云芝。
「寂寞啊。」云芝若無其事地重複一次，接著說：「他不在，妳都不會寂寞嗎？」
「……還好。」
當然會寂寞啊！但我不能承認。
畢竟，排除「朋友」這層關係，我和他並不是彼此的誰，所以，即便是寂寞，也不能怎樣。
爲了掩飾自己的心虛，我只好低下頭，舀著自己盤子裡的飯，一口又一口地吃。
雖然低著頭，我仍能感覺到云芝正盯著我看的目光。

「兩個笨蛋！」

良久，云芝才丟出這句讓我搞不懂的話。爲什麼我會被罵笨蛋？

我怔怔地抬頭看著云芝，沒開口詢問什麼，於是云芝又面無表情地開口。

「在愛情的世界裡，總共有三種人，這三種人分別是『先知先覺型』、『後知後覺型』、『不知不覺型』。妳絕對不是第一種類型的人，但以妳的資質，要成爲第二種類型的人也很拚。所以我可以鐵口直斷，妳，應該是『不知不覺型』的傻蛋。」

眞不服氣，我眞的有這麼遲鈍嗎？和李德銓交往前，我可是很快就感覺到他對我印象不錯，有可能要追我呢！

不想和云芝繼續討論這種沒有建設性的話題，我只好轉移焦點。

「喂，我煮的咖哩飯好不好吃？」

「嗯，還可以。」

「啊……只是『還可以』而已喔？我煮得很辛苦耶。」

我嘛起嘴，這個從來不下廚的公主，到底能不能明白別人煮飯的辛苦啊？爲了煮這餐咖哩飯，我可是不斷上網查資料，蒐集很多網友的寶貴經驗，才煮出這道我自認爲不輸給外面餐廳賣的咖哩飯耶。

「好啦！反正就是很順口，不會讓人食不下嚥啦。」

依然是很敷衍的回答。不過我放棄了，反正，再問下去，她的回答也不可能太好。云芝講話本來就是走尖酸刻薄的犀利路線，我早習慣了。

「那……我把剩下的打包起來送去給嚴毅吃，他應該還沒吃晚餐吧。」

「隨便妳。」

云芝一點也不以爲意。

於是，我把飯和咖哩分別用保鮮盒裝起來，拎著就要往嚴毅住的那棟樓去。

先到一樓請管理員幫我開了C棟大樓的大門鎖，我才搭乘電梯到嚴毅居住的樓層。可是，光按電鈴我就按了將近五分鐘，按到我都快要放棄走人了，嚴毅才睡眼惺忪地來開門。

「你在睡？」

「嗯，小睡了一下。」見我突然出現在門口，嚴毅頗爲訝異，表情又透露出淡淡的驚喜，「妳怎麼突然來了？」

「送愛心晚餐來給你呀。」我舉高手上那兩盒保鮮盒，從他身旁的縫隙鑽過去，跑進他家裡，直接往廚房的方向衝，說：「快來吃，保證好吃。」

「又保證好吃啊！妳最近保證好吃的東西可眞多。」嚴毅失笑。

「眞的啦！不好吃的東西我就不會保證了啊，我會說好吃，那就是眞的好吃呀……喂，你家的盤子放在哪裡啊？」

嚴毅走過來，從流理台下方的櫃子裡拿出一個圓盤。

我一樣把白飯放在中央，淋了一圈咖哩醬在周圍。備妥餐具後，再把弄好的咖哩飯端到嚴毅面前，搞笑說：「客倌，請慢用。」

「看起來好像眞的很好吃呢。」嚴毅望著我。

「這是一定要的啊。」

「妳吃過了嗎？要不要一起吃？」

「不用啦，你吃就好，我剛才吃過一些了。」

「那我就不客氣啦。」

「請盡量不客氣沒關係。」

然後，我坐在嚴毅對面，雙手撐著下巴，睜大眼睛留意嚴毅吃咖哩飯時的表情，心跳不自覺地急速跳動，心情簡直比學校段考完發等著成績單還令人緊張。

「怎麼樣？好吃嗎？」我的手心微微沁著汗。

嚴毅沒有馬上回答我，他用湯匙又舀了一口，放進嘴裡，慢慢咀嚼。

「到底怎麼樣嘛！」

我被他慢條斯理的動作激怒了，這裡是他家耶，他在他家裝優雅給誰看啊？又不會有人欣賞。

「……還不錯。」半晌，嚴毅才緩慢回答，隨即又問：「去哪裡買的？」

「這個是有錢也買不到的唷。」

被嚴毅一讚美，我原本還有些惴惴不安的心情瞬間安穩下來，忍不住得意起來。

「這個是本姑娘我煮的。」

嚴毅像被什麼東西驚嚇到一樣，轉頭，盯著我。

「騙人的吧？」他說。

「幹麼騙你？」

「妳根本連瓦斯要怎麼點火都不知道，不是嗎？」

「我知道好不好？」我不服氣地揚聲說。「你不要小看我喔！很多事我只是懶得去做，並不代表我不會，好嗎？」

「喔？比如？」

「比如不用別人幫忙就能煮好一頓咖哩飯，比如沒睡著地好好看完一本書，比如不用查手機的通訊錄，就能把所有朋友的手機號碼全記在腦袋裡……等等。」

「也比如可以做好一個不讓男朋友擔心的女朋友嗎？」

✡你說，在愛情裡，總是傻傻地被佔便宜的那個人，其實才是最聰明的。

✣

嚴毅的閉關持續進行中，雖然他說過，我需要他的時候，只要一通電話，他絕對會排除萬難出現在我面前。

但再怎麼說，我也不是不識大體的女生，況且嚴毅是在爲他的工作努力，所以我只好恢復以前那種獨來獨往的獨行俠生活。

有時想想眞的覺得好神奇。

在失去李德銓後，又還沒認識嚴毅的那段時光裡，加上云芝一直都有自己的生活圈，連她都不能陪我時，我總是自己一個人，不管做什麼事，也從不假他人之手。

那一陣子的我很獨立。

可是，認識嚴毅之後，習慣很多事都讓他打點，反而記不起來他出現之前我到底是怎麼生活的。

跟云芝討論這個問題時，她一副理所當然的表情。

「那是一種習慣啦！像我也很習慣粱禹浩在我身邊啊，現在叫我回想粱禹浩出現之前我到底過著什麼樣的日子，我也想不起來啊，反正就是很不可思議。這個世界上啊，除了蟑螂之外，人類也算是適應能力超強的生物。」

我覺得云芝這個論點很有趣，雖然不知道她是從哪裡聽來的。

「不過說到這個，我說妳啊，眞的是人在福中不知福，嚴毅對妳這麼好，妳爲什麼一點都沒有心動？」

云芝塞了一塊蘋果到嘴裡，一面咀嚼，一面問。

「他又沒有表示什麼，我要心動什麼？」

沒有想到云芝會突然這樣問，倒也著實被她的問題攪得心神不寧起來，只好避重就輕地回答。

「而且，我覺得我們現在這樣很好，不是有人說當朋友比較好，朋友才是一輩子的啊，不是嗎？」

「難道妳甘心只當朋友？」云芝並不認同，「朋友可以擁抱，但無法親吻；朋友可以牽手，但無法佔有；朋友可以喜歡你，但無法愛你……妳眞的只要這樣就好？」

我沒仔細思考這個問題，對於感情，我向來被動又怯懦，即使是喜歡，也沒有放手一搏的勇氣。

前幾天在嚴毅家，他說到那句「也比如可以做好一個不讓男朋友擔心的女朋友嗎」，我也不知道該怎麼回應，只能傻愣愣地望著他。

心裡揣測著這算不算是一句告白。

後來，嚴毅只是對我笑了笑，說：「不要再讓人擔心了，好不好？」

一直到離開他家前，我都沒告訴他，他其實可以不用再擔心了，因爲現在的我已經脫胎換骨，不再迷戀李德銓，不再是那株以他爲宿主的槲寄生，我現在有我自己的生命，也有自己想追求的幸福、想喜歡的人！

但是我沒說，一句話也沒說。

不是不想說，而是不知道該如何開口。

在愛情面前，我是個膽小鬼，沒有追求的勇氣，沒有豁出去的灑脫。

云芝的話，我放在心裡反覆琢磨思量。

夜裡躺在床上，還想著白天時她說的那些話，朋友與情人的差別、擁抱與牽手的距離、喜歡與愛的不同、佔有與放手……

有那麼一瞬間，心是確定的，喜歡是成立的。

但是我不知所措，不明白這樣的心情該如何讓嚴毅知道，又害怕一旦把話講明，我們可能連朋友也做不成了。

嚴毅是對我好，嚴毅也喜歡我，嚴毅總是把我的事擺第一位……但是，嚴毅說，那是因爲他想要變成我最好的好朋友，所以，他的關心應該是出於一個朋友對朋友的關懷，別無他意。

就只是這樣。

又過了幾天，李德銓打電話給我。

他來電時，我正十萬火急地在辦公室趕工作，因爲就在幾分鐘前，白目小林跑來我的位置借螢光筆，手拙地弄翻我桌上的水杯，把我寫好的文件全都弄濕，害我全部要重寫一次。

我把災難經過簡略地向李德銓報告。

「所以妳今天有可能要加班？」

「看情況，我也不知道。」我還在沮喪，「怎麼了？」

「沒事，只是想找妳一起吃個飯。不過，既然妳在忙，那我們約下次好了。」

李德銓的聲音聽起來怪怪的。

「喂，你怎麼了？好像不太對耶。」我停下手邊工作，抓著話筒問。

「沒事啦，別多心，妳先忙，我下次再找妳。」

就在李德銓要掛上電話之前，我喚住他。

「五點半，在我們公司樓下等我，有什麼事見面了再說，好嗎？」

「可是妳不是……」

「沒關係，今天如果趕不完，明天我再繼續趕就好了，你不用擔心。」

接下來，一整個下午我一句話也不說，拚命重做被白目小林搞砸的工作，神色肅穆到白目小林不敢開口跟我說任何話，只傳了張紙條向我道歉，紙條上還畫了張哭臉。

本來還有點生他的氣，不過，看到那張哭臉的圖，我就低頭笑了。

但是這小子，還是要給他點顏色看看，哪能這麼輕易饒過他！

所以我依然維持冷若冰霜的表情，他見我好像還是不打算原諒他，也不敢找我講話，只好安靜地坐在座位上趕自己的企畫書。

下班前，我終於大功告成，把那份重做的文件趕完，然後去赴李德銓的約。

坐在咖啡店裡，李德銓的精神看起來不是很好。

「你怎麼了？」我擔憂地看著他，「神色萎靡耶，你沒睡好？」

李德銓搖搖頭，苦笑，「我跟雅伶眞的分手了。」

「啊？」

「她提出的，我挽留不住，所以分了。」

我瞬間啞口無言，不知道該怎麼安慰他。

「分開後，才知道原來心是會撕扯的，就好像有什麼尖銳的東西從你的心臟刺下去，又劃開，很痛，可是無能爲力。」

李德銓用小湯匙攪動咖啡杯裡的咖啡，那個總是笑得陽光又神采飛揚的李德銓不見了，眼前這個眼神黯淡，嘴角噙著一絲憂傷苦笑的人，不是我認識的李德銓。

「你……還好吧？」

李德銓搖頭，「不大好。至今我還不敢相信這個事實……好諷刺喔，我很想找人傾吐心事，可是想來想去，我眞的不知道該找誰，腦子裡第一個想到的人還是妳，但偏偏妳當初遇到這種情況時，傷害還是我造成的……我眞爛！」

「反正都過去了啊！我也已經走過來了，所以沒關係的，我還可以講我的經驗談給你參考唷。」

我笑著，睇望李德銓失魂落魄的模樣，覺得他好可憐，到底要用什麼方法才能讓他振作起來呢？

「我想，我可能還需一些時間吧！人的復原能力是很強的。」

我十分同意地點頭。

「對！人的適應能力也很強，就跟蟑螂一樣！一開始確實很容易觸景傷情，可是也不能因爲這樣就把身旁的東西全部都丟棄，畢竟那些都是回憶，要勇敢面對才能重生。不斷逃避，只會把自己困得更久。等到心不再那麼痛，也走出來了，再回頭看見那些擁有共同回憶的東西時，你就會笑著想，自己和她曾經也那麼幸福過，那些幸福的記憶，就變成你人生旅程裡的一個點。」

我打開一盒奶油球加進李德銓的咖啡裡，他喝咖啡時喜歡加奶精，他說這樣的咖啡特別香醇。

「人生，就是這樣由一個點一個點累積而成的，所以，可以記得的，就千萬不要忘記，那些好的、壞的，全都是我們的人生歷程，是可以完美我們生命的點綴。」

李德銓安靜地看著我，然後點頭，然後，微笑了。

✡幸福，也是由一個點一個點聚集而成，所以，我會拚命記住所有的你。

✣

「毓昕，我發現妳眞的不一樣了。」

李德銓看著我的眼神裡，有讚賞及淺淺笑意，他衷心地說：「妳還記不記得，以前我總說妳像槲寄生，總是依附著我的世界生長？可是我發現，現在妳已經很有自己的想法，也不再像以前那樣依賴著別人，妳眞的長大了。」

不是不依賴了，也不是有自己的想法了，是我受嚴毅的影響太深了。

他經常對我講一些有正面影響的話，他從不阻止我哭，他說，哭泣也是一種減輕傷痛的方式。

我因爲失戀，振作不起來，忍不住自己對自己生氣發飆時，他也只是安靜陪在我身旁，不勸阻、不安慰。

他說，人有自我療癒的能力，所以，要狠狠地痛、狠狠地哭，將來再遇到類似情況時，就知道該怎麼處理，情傷的治癒療程也能縮短許多。

先前嚴毅對我說那些話時，我並不是十分明白他想表達的意思。

但是現在，我懂了。

懂得他原來是用這麼溫柔的方式在安慰我。

和李德銓聊開之後，我發現，退回朋友的位置也不錯。

至少心情不會再受他的喜怒影響，退一步，能看到更多面的他，也更明白我們其實都是很好的人，卻不是最適合彼此的人。

我喜歡這樣的新關係。

「妳跟妳那個朋友還是沒有在一起？」

李德銓聊著，突然轉移話題，問得我一頭霧水。

「什麼？」

「妳那個作家朋友啊！他都沒有行動嗎？」李德銓繼續說。

「要什麼行動？我們就是朋友啊。」

「可是……嗯，沒事。」李德銓欲言又止，拿起咖啡，啜飲一口。

又來了！上次也這樣，這次又這樣，很討厭耶。

「李德銓，有話就講嘛，不要這樣搞神祕，我會胡思亂想耶。」

李德銓看看我，躊躇片刻才說：「雖然這種事還是由當事人自己說會比較好，不過，嚴格說起來我也算半個當事人，所以我還是跟妳說好了。」

「嗯？」我聚精會神地看他，好奇到底發生什麼事了。

「我們出車禍那天，妳在手術時，云芝跟妳朋友趕過來，妳朋友一看到我，就狠狠地揍了我兩拳，然後我們打了一架……」

「啊……」我摀住嘴，不敢相信一向溫文儒雅的嚴毅會做出這種事。

於是，那些模糊的記憶慢慢回來了，難怪云芝會說嚴毅的情緒暴衝，難怪嚴毅會希望云芝守密，不要讓我知道某件事。

難怪嚴毅臉上會有傷，他還騙我是走路絆倒的。

「他還說，他一直努力地想讓妳從失戀的陰影裡走出來，想盡辦法讓妳開心，希望妳不要對愛情失望。但是我一再出現糾纏，每當妳好不容易快要忘記悲傷，我又出現了。所以妳才會反覆被傷心糾葛纏繞，始終走不出情傷的囹圄。」

李德銓輕聲地說：「我想，他是喜歡妳的，很喜歡的那一種。」

我摀住嘴的手輕輕顫抖，即使是深呼吸也沒有辦法平穩下來。

發現自己好像連一分鐘也待不下去，我只想離開，往嚴毅家奔去。

有些話非說不可，有些疑問也非問不可。

和李德銓道別後，我直奔嚴毅家。

「怎麼來了？」

嚴毅來開門時一頭亂髮，也穿得很居家，見到我，仍然給我一個十分好看的笑容。

我笑不出來，睇望他那張總是對我笑著，偶爾露出擔憂表情的臉，我好想哭。

到底是從什麼時候開始的呢？從什麼時候開始，他在我心裡的地位已經超越李德銓，而我卻從來不知道呢？

「妳怎麼了？發生什麼事情了嗎？」

發現我不對勁，嚴毅把我拉進他家，又從冰箱拿了一瓶曲線瓶可樂，開瓶後遞給我。

第一次和他一起喝可樂，是我剛認識他沒多久的事。那一次我被李德銓叫出去聊天，勉強撐住的堅強就在他轉身離開後崩潰。我沿路哭著走回家，哭得很慘，然後在住家外的公園遇到嚴毅，他坐在鞦韆上緩緩盪晃，手上拿著一瓶曲線瓶可樂。

「要不要喝一點？可樂裡的小氣泡可以帶走不快樂的情緒喔。」那時，嚴毅這麼對我說。

也許是嚴毅臉上關心的表情和鼓勵的笑容，也許是可樂冰涼的口感，也許是那些刺刺麻麻的小氣泡……總之，喝過之後，我的壞心情真的被沖淡許多，也開始喜歡上嚴毅喜歡的飲料。

見我不說話，嚴毅站在我面前看了我幾秒鐘，突然像想到什麼，十分緊急地對我說：「等我一下喔，等一下下喔。」

說完，急忙跑回房間去。

過了幾分鐘，再出現時，他簡直換了個人。頭髮不再亂七八糟的，身上的衣服也換過了。

「你幹麼？」

「不知道妳要來啊，剛才還在電腦前跟小說人物打架，頭髮被我抓得亂七八糟，衣服也太居家了，實在不適合見人，這不是我平常給人的印象。所以，妳可不可也忘了我剛才的樣子？我們現在重新開始，妳要不要再站到門口去按一下門鈴，我去幫妳開門，妳就記得我整齊清潔的模樣就好了，好嗎？」

嚴毅說這話時，表情不像在開玩笑，但不知道爲什麼，我居然笑了。

嚴毅是個可愛的人，總是能給人溫暖的正面能量。

「好了！妳可以跟我說到底發生什麼事了嗎？」

我看著他，四目交接的那一瞬間，我的眼眶就發熱了。

「……爲什麼要打架？」

嚴毅傻了一下，幾秒鐘後才緩緩開口。

「妳怎麼知道？」

沒理會他的反問，我又問了一次，「爲什麼要打架？」

「……因爲捨不得。」

終於還是忍不住，有一滴淚，從我的左眼眼眶滿溢摔落。

「我捨不得妳總是爲他那麼難過，捨不得妳用勉強的微笑掩飾心裡沉重的痛，捨不得每次好不容易幫妳趕走陰鬱情緒，他就又出現，攪亂一切的平和，我捨不得妳總是爲他哭……」

我撲過去抱住他，很用力很用力地抱住。

「笨蛋……」

✡因為捨不得，所以你費心為我做了一些我不知道的事，感動，也因此累積。

✤

「所以你們還是沒在一起？」

幾天之後，我把這些事告訴云芝，她一副快要昏倒的表情，直問我到底是在堅持什麼，人家都表現得這麼明顯了。

「我沒有辦法在還沒有確定之前跟他交往。」

我小聲回答，更何況，他也沒有再進一步表示啊。

「妳到底想要確定什麼？」

「確定我心裡已經完全沒有李德銓，確定嚴毅的捨不得不只是一時衝動，確定當有人問我心裡那個人是誰時，我可以毫不猶豫說出嚴毅的名字。」

云芝看看我，然後搖頭。

「這麼龜毛，果然跟嚴毅很合。」

「什麼？」

「沒事，沒事。」云芝站起身，「我去上班了。」

云芝拿起她的包包，坐在門口矮凳上穿鞋時，嘴裡碎碎唸著，「假日還要上班，有沒有這麼可憐的上班族啊……」

其實，我沒告訴云芝，我更想確定，嚴毅口中說出那句「跟我在一起吧」不是一時衝動。

不用太浪漫的言語，也不需要什麼浪漫的鋪陳，只要這樣，我就會點頭。

可是那天，嚴毅只是抱著我，讓我在他懷裡哭，他什麼話也沒說，我什麼話也沒再問，我們之間，在那片刻的情緒波動之後又歸於平靜。

好像什麼也沒發生過。

好像夢一場。

傍晚，嚴毅來找我，問我要不要陪他一起去逛夜市。

「很冷耶。」

入冬後的第一波寒流來襲，我很猶豫到底要不要出門。

「出去走一走就不會冷了，我買燒仙草請妳吃。」

嚴毅的笑容打動我，於是我點頭了。

「給我一點時間，我去換衣服。」

衝回房間，我打開衣櫃，把可以禦寒的衣服全都瀏覽過一遍，最後挑出一件白色套頭毛衣，和萬年不退流行的百搭款牛仔褲，再圍上圍巾，套上雪靴、羽絨衣，戴上云芝送我的那頂白色兔毛製成的圓形毛帽。

「好了。」我說。

見我全副武裝，嚴毅失笑，「妳穿成這樣，是要去滑雪嗎？」

「外面很冷耶。」

「但沒冷成這樣啦。」

不理會嚴毅的取笑，我堅持要這樣穿。

走在嚴毅身邊，我的心情總能不知不覺變好。雖然我們的關係和以前一樣，還是很好的朋友，但，好像又有什麼地方不太一樣了。

知道自己在嚴毅心裡或許佔有很重要的位置，這讓我有種安心的優越感。

「你小說完稿了嗎？」

在人潮雜沓的夜市裡，我和嚴毅肩並肩走著。

「寫完了。」嚴毅點頭，「不過現在要進行另一件工作。」

本來很開心他終於完稿，那表示他又有時間可以陪我鬼混，哪知他後面又接了那句話，我的心情瞬間跌到谷底。

見我冷得上下跳來跳去，嚴毅找到賣燒仙草的攤位，買了兩杯，和我在路旁找了個位置坐著吃。

「妳身體怎麼這麼虛啊。」嚴毅笑我，「改天我去抓些中藥，煮藥燉排骨給妳吃。」

「你會？」我驚訝地張大眼。

這種事，不都是媽媽婆婆才會的嗎？嚴毅這個宅男居然也會？

「我媽教過我，雖然很久沒燉了，基本功還是記得的。」

嚴毅自信滿滿的樣子，讓我很輕易就相信他了。

「那我要開始期待了喔，你不會讓我等太久吧？」

「明天。」

「嗯？」

「明天就燉給妳吃。」

「好啊。」我點頭，「那我明天下班後就去你家。」

「我去接妳吧！現在天氣這麼冷，依妳的體質，在公車站等公車一定邊等邊跳。」

我點頭，微笑。

「好！那你明天來接我下班，明天不管誰邀我陪他加班，我都要心一橫，叫他自己加油。」舀了一口燒仙草放進嘴裡，我慢慢咀嚼，淡淡微笑，「怎麼辦？我開始期待明天了耶。」

「期待哪一種？有專車接送，還是有美食可吃？」

「都期待。」

嚴毅摸摸我的頭，笑得燦爛。

「有的時候，真的覺得妳很像小孩子，很單純無邪，所以就忍不住擔心妳。」

「擔心什麼？我是大人了耶。」我抗議。

「但有時行爲舉止還是很幼稚啊。」

正要再出聲反駁，便聽見有人叫我的名字。循聲望去，意外看見李德銓正站在離我們不遠的地方，淺淺微笑著。

「幫我拿一下。」

我把手上的燒仙草整杯塞進嚴毅手裡，奔向李德銓。

「怎麼自己跑來逛夜市？」

「肚子餓，不知道要吃什麼，就出來逛一下。」李德銓抬眼望望我後面，又定睛在我臉上，「妳跟他現在怎麼樣？」

「沒有怎麼樣啊，就還是一樣，朋友。」

「他還是沒表白？」李德銓有些詫異。

我搖頭。

「那我那次是被打好玩的嗎？怎麼會有人被動成這樣？都有力氣教訓人了，卻沒有勇氣告白。」

「我也不知道他在想什麼。」我低下頭，腳邊正好有顆小石頭，我輕輕踢了它一下。「可是告白這種事也不是可以隨隨便便就能說出口的，對不對？所以我就等吧，等到也許有一天，他想說了，我自然會知道。」

「那萬一他都沒說呢？」

「那只能說，也許在他心裡，我還達不到讓他願意豁出去的重要。」

「老話一句，有好消息還是要跟我說，讓我替妳開心一下，好嗎？」

我點頭。

「你跟雅伶呢？你有沒有再試著打電話給她？」

「試過了。」李德銓苦笑，「但她都不接，有一次打去，她接了，不過那次是因爲她在睡午覺，沒注意來電者，迷迷糊糊才接起來的。一聽見我的聲音，她二話不說就直接掛斷了。我跟她啊，還是沒辦法。」

很難想像啊，當初曾經那麼執著追求的感情，現在卻亟欲逃難。

「再努力看看吧！雅伶應該不是那麼狠心的人，也許只是還在氣頭上。」

「如果眞的沒辦法，那我再回來追妳好了。」

李德銓開玩笑地說。

「嗯，我會好好考慮考慮。」

✡能擁有的，我會珍惜把握；不能擁有的，我會誠意祝福。就像我對你。

❈

隔天一下班，我才走出辦公大樓，就看到嚴毅。

我跑過去，衝著他綻開笑。

「有沒有等很久？」我問。

「沒有，我也才剛到。」嚴毅遞給我一袋水煎包，「熱的，要不要吃？」

「當然要。」我接過來，「天氣冷眞的超容易餓的，我的肚子一直咕嚕咕嚕叫。」

上了嚴毅的車，我迫不及待打開塑膠袋，咬了一口還冒著熱氣的水煎包，滿足地笑了。

「哇，怎麼還是這麼好吃啊。」

嚴毅在一旁輕輕笑著。

「你要不要也吃一口？」我轉頭，發現他臉上淡淡的笑，又問。

「我在開車，不方便。」

「我餵你。」

說著，我拎出另一包裝著水煎包的塑膠袋，把袋口拉低一些，遞了水煎包到嚴毅嘴邊，他很配合地咬了一口。

見他一副滿足的笑，我也莫名地開心起來。

於是沿路上，我們就這樣一口一口分食著嚴毅買來的水煎包，直到車子開到我們住的大樓時，我的肚子也飽了。

「怎麼辦？我肚子好撐。」

「那要不要先去散步？」

「好啊。」

停好車後，嚴毅和我同時下車。起先我們只是繞著小公園走，走著走著，嚴毅提議散步到文化中心。

文化中心離我們住的大樓有一段距離，不過也不算太遠，走路來回大約是一個小時。

有時候，路程遠不遠，和實際距離無關，而和陪我們走路的那個人有關。

如果是和自己喜歡的人一起散步，就算路程再遠也覺得不夠，總不禁希望那是一條永遠都沒有盡頭的道路。

我們一路走著，並沒有說太多話，可是心裡頭感受是滿的。因爲在嚴毅身旁，我總可以很放心地把自己託付給他，不管是心情，還是生命。

「喂，嚴毅，我跟你說一件事。」

走路可以讓人想起很多事，也能讓人想通很多事。我想起昨天在夜市遇到李德銓後，嚴毅有點悶悶不樂的模樣。

所以，有些話我覺得非說不可。

「嗯？」

「李德銓和他女朋友分手了。」

這回，嚴毅沒作聲，我頭轉過去看他的表情，他依然一派鎮定，從他臉上，我讀不出任何情緒。

「他很難過，找我出去聊了幾次。我幫不上什麼忙，但是希望他能夠很快振作起來，失魂落魄的他，不是我認識的李德銓。所以這個時候，我只能扮演聆聽者的角色，偶爾安慰他一下。」

我繼續說，嚴毅繼續沉默，我又偷看了他一眼。

「嚴毅，你會不會覺得我這樣很多此一舉？明知道幫不上什麼忙，又不願意拒絕他的邀約，寧願陪他在餐廳枯坐，或者和他東聊西扯，講一些完全沒有建設性的話。」

「可是這就是妳啊。」嚴毅掉頭過來，看著我笑，「明知無能爲力，還是不會放下朋友，這就是妳的魅力啊。」

「嚴毅，你也是這樣對我的。」我有感而發地說：「在我最無助的時候，你也是這樣陪我的。所以，你對其他朋友也是這樣嗎？有時明知幫不上忙，還是願意寸步不離地陪著，是嗎？」

「啊？」

「不是。」嚴毅沒有任何遲疑地說：「我不是那麼熱血的人。」

「要看人。」嚴毅低頭看我一眼，說話語氣淡淡的，「全世界，我只對林毓昕這樣，就只有她。」

「云芝，妳跟我說，這算不算是一種告白？」

那天晚上回家後，我抓住正拿著衣服要去洗澡的云芝，興奮地把來龍去脈說了一遍，再問問她的意見。

「如果以正常情況來說，是。」云芝維持她一貫嬌貴的說話態度，「但嚴毅不是正常人，所以我不知道。」

「爲什麼嚴毅不是正常人？他看起來明明很正常啊。」

「妳不要忘了嚴毅是作家喔，作家的性格裡都有某一面是很古怪的，所以我不知道他這樣講是在告白，還是突然想到他寫的小說對白，照本宣科唸了一段，只是改個女主角名字說出來。」

「喂，許云芝，妳幹麼要這樣打擊我的信心啦？」

我皺起眉，整個人洩氣了。

「我不是要打擊妳的信心，我是分析給妳聽。」

隨後，云芝又像突然發現什麼異樣般地盯著我看。

「幹麼？」

被她盯得不自在了，我摸摸自己的臉，好奇地看著她。

「我覺得妳不太對勁。」云芝說。

「哪裡不對勁？」

不明白云芝所指爲何。她一屁股坐過來，挨在我身邊，笑容賊賊的。

「妳剛才提到嚴毅說那些話，問我是不是他在告白時，幹麼笑得那麼曖昧？」

「有……有嗎？」

「從實招來，妳是不是喜歡上嚴毅了？」

「哪、哪有啊？」

「喜歡他又不是什麼丟臉的事，更何況他比李德銓好，如果妳選嚴毅，我絕對舉雙手雙腳贊成。」

「可是他又沒說他喜歡我。」

我有些沮喪，本來可以很簡單的愛情，隨著年歲增長，卻變成一種心理戰，成天像諜對諜般猜來猜去，就怕猜錯了答案，表錯情。

「又不是非得說出口才能知道這個人是不是喜歡妳。」

云芝以過來人的經驗跟我分享，「梁禹浩和我交往前，也沒說過他喜歡我啊，但是兩個人會在一起，必然是其中一方曾費心維持，不管是有形或無形的，總是盡力過。」

「所以，妳跟梁禹浩到底是……」

「我追他的。」云芝說：「愛情裡，如果兩個人都被動，那麼，就算兩個人再怎麼契合都沒有用。所以一定要有一個人主動。梁禹浩不主動，那就我主動。自己的幸福自己去爭取，我不能接受坐以待斃的做法。」

我看著云芝，她不只說話犀利，就連爭取愛情都維持一貫犀利作風，我不禁深深地佩服她，我羨慕她勇於追求幸福的衝勁，也欽羨她不怕挫折的勇氣。

✧如果，我和你終究只能在原地打轉，成就不了幸福，那為什麼要相識？

我始終認為，我們的相遇必定有其不能抹滅的意義，絕對。

✤

入冬之後的第二波寒流，在耶誕節前夕來臨。北部氣溫驟降十度，據說，最冷的淡水，夜裡最低溫只有六度。在高雄體會不到這樣的低溫，不過仍能在入夜之後感受到氣溫急降的寒意。

嚴毅知道我怕冷，買了一堆暖暖包送我。

「這個時效性比較長，我問過朋友，他們說這個牌子最好用，很冷的時候，就在口袋裡各塞上一包，坐車或上班閒暇時，拆一包握在手裡，就不會那麼冷了。」

我抱著他特地送來的暖暖包，就算沒拆開，也能打從心底感受到他帶來的暖意。

有些話，眞的不用多說，行動便足以證明一切。

我們還是只在原地，誰都沒有跨出可能會影響整個局勢的那一步。也許是害怕結果不如預期，也許是擔心關係會變得更糟。

云芝說，年少時天不怕地不怕，愛一個人總是奮不顧身，就算全身是傷也無所謂，就怕不能在一起。可是隨著年齡增長，害怕的事愈來愈多，擔心受傷，擔心給得多而回收得少，擔心學歷不相當、工作薪資懸殊太大，擔心害怕的事情一多，愛情就變得放不開了。

我不能說云芝說得完全對或完全錯，畢竟，在某些方面，她是說中了我心裡顧忌的那部分。

明白自己已經不再是十幾二十歲的年齡，我已經沒辦法再像以前那樣，抱著「合者來，不合者分」的心情。

對我們這個年紀的女生來說，實在沒有多餘的時間可以浪費，要不，就找個個性十分契合的對象共度一生。要不，就寧願磋跎一些時日，也不願意隨便找個人濫竽充數。

愛情，在我們這個年紀，再也不能當成奢侈品，不能無窮無盡地揮霍，而該小心翼翼守護。

畢竟，以我們這個年紀來說，愛情已經變得日益珍貴，可遇而不可求了。

耶誕夜那天，云芝和她男朋友相約去吃耶誕大餐，嚴毅知道我沒人約，就抱了一堆食材來找我，說別人吃耶誕大餐，我們可以吃義大利麵大餐。

「我當二廚。」

我自告奮勇擠進平常很少進去的廚房裡，拿了兩顆洋蔥準備切丁。

「我來就好了啦，妳乖乖去客廳坐著。」

嚴毅不相信我的刀藝，硬是要搶下我手上的菜刀。

「相信我！我可以的。」

我十分堅持，然後完全不顧嚴毅反對，先剝掉洋蔥皮，再開始將洋蔥切丁。

才沒一會兒工夫，我就被洋蔥薰得淚流滿面了。

嚴毅見我一面用手背擦眼睛，一面繼續切洋蔥蔥，只是笑，並不打算過來解救我。

「難得下廚，一下廚就這麼感動，以後讓妳多下廚幾次，妳慢慢習慣，就不會想哭了。」

居然還有心情取笑我，真過分。

迅速抬頭瞪了他一眼，手上的刀沒忘記要繼續切，然後……

「喂，我流血了耶。」

我把被菜刀劃了一刀，不斷冒出鮮血的手指頭舉到嚴毅面前，神色平靜地說。

「喂！妳怎麼搞的啦……」

相較於我的風平浪靜，嚴毅顯得十分慌張毛躁。他抓住我的手指，很擔心地看了一下，再抓著我的手去沖水，又慌亂地衝去客廳翻箱倒櫃找醫藥箱。

「呃……不要緊啦！只是小傷口……」

看他那副火燒屁股的緊張模樣，不知為什麼，我只覺得好笑。

嚴毅不理我，硬是從抽屜內層翻出一瓶不知道有沒有過期的碘酒，又找到一片皺巴巴的ＯＫ繃。

「妳們到底是不是女生啊，怎麼醫藥箱裡是空的，除了棉花之外，什麼也沒有，碘酒還被丟在外頭被一堆雜物掩埋住，連ＯＫ繃也看起來一點都不ＯＫ……」

他一邊碎碎唸，一邊幫我用碘酒擦過傷口，才用ＯＫ繃幫我把傷口貼起來。

「去客廳休息吧，我來就好。」

「可是我還能幫忙啊。」

我切洋蔥丁切出興趣來。

「妳還是乖乖去坐好吧！我很擔心妳等一下不是劃到手指頭而已，搞不好會把整隻手指切掉了。」

「不會啦，你相信我，我可以的。」我看著嚴毅，露出懇求的可憐表情，「拜託……」

嚴毅拗不過我，只好答應讓我繼續當他的二廚。

其實，我也不是眞的那麼喜歡待在廚房切東西，更何況切洋蔥還會讓我淚流滿面，異常狼狽。但是，我就是喜歡和嚴毅一起窩在一個小空間裡，兩個人一起做一件相同的事，那樣讓我有簡單的滿足感，細膩的幸福。

嚴毅聚精會神拿著鍋鏟炒義大利麵肉醬，看起來眞的很帥。

我偷偷看著他的側臉，覺得這樣的他或許眞是上天送給我的禮物，雖然我和他並沒有眞正交往，但在某些方面，我和他的關係可以說是密不可分。

比如，在友情的那一塊。

也許，在這個世界上，再也沒有人比嚴毅更了解我，沒有人比他更知道什麼事情可以讓我哭，也沒有人比他更清楚我掉眼淚到底是因爲感動還是悲傷。當然也沒有人比他明白，在我心情不好時，一瓶可樂加一塊甜甜圈，遠比一顆鑽戒更能撫平我心裡的憂傷。

偶爾我也會想，這個這麼懂我的男生，到底知不知道，他已經在潛移默化中成功幹掉李德銓在我心中的地位及分量，比起和李德銓重續舊緣，我更期待的，是和我眼前這個男生展開新關係。

可惜，有些話眞的是非說不可。

而我，即使日夜反覆排演，依然沒有勇氣。

嚴毅煮的義大利肉醬麵完全不輸外面的餐廳，我一面吃，一面驚呼。

「唉呀！我好幸福啊。」

「妳眞的很容易幸福耶，灑滿糖粉的甜甜圈可以讓妳幸福，義大利麵可以讓妳幸福，一條完整的蘋果皮也可以讓妳幸福，妳說說，到底還有什麼可以讓妳幸福呢？」

「跟喜歡我的男生一起面對面吃東西，也可以讓我很幸福的啊。」

嚴毅看著我，眼神一下子變得溫柔。

「那麼，現在的妳，幸福嗎？」

我看著他，有幾秒鐘的時間，心臟驟停，彷彿不能呼吸，然後，用力點頭。

「其實，煮拿手菜給我喜歡的女生吃，也會讓我有幸福的感覺。」

嚴毅的眼睛依然看著我，唇邊有淺淺的笑。

他緩慢地說：「林毓昕，是不是可以給我這樣繼續幸福下去的權利？是不是可以讓我也有使妳繼續幸福的義務？」

我的眼前突然一片迷離，薄霧濛濛中，我只能看見嚴毅臉龐模糊的輪廓，然而幸福的原貌，卻逐漸清晰起來。

「幸福不是誰該給誰的權利或義務，但是，我可以和你一起努力，努力幸福，努力快樂……」

✡關於幸福的定義，也許對每個人而言不盡相同，然而幸福之於我，即便是薄如蟬翼，淡如清水，我依然能透徹感受，銘存於心。

第五章・幸福

嚴毅，關於幸福，你有什麼想法呢？

你是寫小說的人，對於幸福的描述，或許你總能描繪出一個完整的形體，那個型態裡，也許充斥著諸多的浪漫與不切實際，而我相信，你筆下的故事，必然是許多女生畢生盼望，卻終不可得的場景。

相較於你的浪漫，我對幸福的要求很簡單，也實際多了。

對一個女生而言，王子不一定非得要騎著白馬，有時，王子下馬散步走路，讓身體健康強壯，也是愛情的表現之一。

再者，王子不一定要揮舞寶劍殺壞人斬惡龍，偶爾，當他拿起鍋鏟在廚房為我準備晚餐，我會覺得這樣超浪漫。

我也不要求我的王子一定得帥氣逼人，或者高俊挺拔，畢竟這個世界誘惑太多，我很擔心會被橫刀奪愛，所以，我只要他夠愛我，除了我，再也看不到其他的異性，這樣就好了。

嚴毅，其實女生的心很小，愛也很小，小到只要能把自己愛的人緊緊抱住，就好了。

你明白嗎？這就是女生嚮往的幸福。

很渺小、很簡單、很純粹。

不用太昂貴，也不需要太鋪張，只要實際平凡，就好。

嚴毅和我的新故事，就是在那個耶誕夜展開的，以一種新的關係，新的姿態，迅速蔓延。

「嘿！太不夠意思了吧！居然趁我們不在的時候偷偷開始交往，害我們沒有見證到歷史性的一刻。」

云芝知道後大叫不公平，說她好歹也是從頭一路陪我們走到這步田地，我跟嚴毅要交往，居然挑她不在場的時候作決定。

「誰叫妳見色忘友，自己跟梁禹浩去吃耶誕大餐。」

「要是知道嚴毅會挑在耶誕夜跟妳告白，就算梁禹浩拿刀押我，我都不會跟他去。」

「要是妳在場，嚴毅也不可能會跟我告白啊。」

「好吧！既然錯過嚴毅向妳告白交往的時機，那哪天你們決定分手的話，記得先通知我，讓我見證一下你們……」

「喂！許云芝……」我連忙伸出手摀住云芝的嘴，制止她再烏鴉嘴下去，「不會！我跟嚴毅會長長久久走下去，才不會分手呢。」

畢竟不是衝動做下的決定，是經過長時間等待，細細醞釀出來的情感，那不是三言兩語就能交代清楚，也不是隨隨便便說停就能不再繼續的情愫。

我們是用很認真的態度對待我們這段感情的。

幾天後，新的一年即將到來，嚴毅邀我一起去跨年。

不是沒參加過跨年活動，但我已經過了願意站在寒風中，非常熱血地跟著周遭不認識的人大喊「五、四、三、二、一！新年快樂」的年紀。

很多事，都是有時效性的，一旦過了那個時效，對已經有點年紀的我來說，就不再有吸引力了。

以為嚴毅和我一樣，不會有興趣在冷冽的寒風中對著ＬＥＤ燈牆的倒數數字大喊，但他卻令我意外地感興趣。

「我沒到外面跨年過。」他說。

「不會吧！」我聞言大叫，「你是外太空來的嗎？就連大學時期，也沒和同學一起去跨年過？」

「沒有。」嚴毅搖頭，很認真地看我，「大學時我一直都很忙，跨年期間通常我都會留在宿舍準備期末考，沒人邀我去跨年。大家都有女朋友，我那些室友們只會跟自己喜歡的女生去跨年，不會找我。」

我覺得嚴毅好可憐，白白浪費自己的青春，當個大學生居然沒參加過跨年活動，那跟沒蹺過課有什麼差別？我覺得當初嚴毅的教授應該要當掉他，因爲他不懂得享樂、不玩社團，也沒有交女朋友。

大學最重要的三學分，他被當掉兩個。

爲了彌補他的缺憾，我決定陪三十歲的他去跨年。

出門前，我在身上塞滿了暖暖包。氣象報告說跨年夜會創下今年入冬來最低溫，爲了預防我被冷死，我在身上所有衣服和褲子的口袋裡都塞了暖暖包，毛帽、圍巾、雪靴、羽絨衣，一應俱全。

嚴毅看我這身裝扮，又是一陣笑。

「要笑就笑吧。」我不以爲意，「我是寧願被笑死，也不要被冷死。」

「一堆人擠來擠去一起跨年，冷不死的。」嚴毅說，又指指自己胸口，「要不，我這裡幫妳擋風，給妳溫暖。」

心頭微微發暖，嚴毅曾說，他的胸膛，是讓我遮風避雨的天堂。

雖然不知道他說的是不是誇張了，不過，那份心意，還是讓我非常感動。

和他牽手走在異常熱鬧的街頭，這是我們正式交往後第一個跨年，我十分珍惜，也非常開心。

能夠和自己喜歡的人一起跨年，從今年的最後一秒，跨越到隔年的第一秒開始。站在身旁牽著手的，是自己喜歡的人，我覺得這實在很浪漫。

嚴毅沒眞正見過跨年活動的場面，所以他很興奮。

「我通常都是看著電視裡的人在倒數計時，而且，大部分都是新聞重播畫面，根本就沒什麼機會對著電視同步喊出五、四、三、二、一。」

「不然，人家在跨年時，你都在做什麼？」

「不是在寫稿，就是在睡覺，我的生活十分枯燥又單調。」

我點點頭，有些玩笑似地說：「可以想見我日後的生活會多麼無味了。」

「不會。」嚴毅保證，「我會努力改變，不會讓妳覺得乏味。」

「其實也不必。」我勾住他的手臂，「平凡才是幸福啊。我懂得這樣的道理，所以不用改變，反正我平常的日子也很乏味，宅在家習慣了，也慢慢適應當阿宅的樂趣。」

嚴毅沒說話，但牽住我的那隻手，握得更緊了。

我明白，他懂。

每年的跨年，一個城市裡，總會有好幾個地方舉辦活動，我們隨意挑了個地方當成跨年的朝聖地，但擁擠的人潮、吵雜的音樂，好幾次都讓我差點開口叫嚴毅放棄，不如回家對著電視倒數還比較舒適。

「跨年就是這樣？」

離跨年晚會舞台還有些許距離，而我們卻怎麼樣也沒辦法再隨著人潮往前擠的時候，嚴毅在我耳邊使盡力氣大喊，我才聽見他的聲音。

「對。」我用力點頭，「跨年就是這樣，很吵、很擠，很讓人生氣。」

年輕時不覺得，一旦過了一個年紀，這種事，就變得讓人很沒有耐性。

「我們回家吧。」嚴毅完全投降了。

而我百分之百同意他的決定。

回家的路上，我們特地去買了滷味和一些小吃，決定回嚴毅家待著，跟著電視轉播一起倒數，迎接新的一年到來。

坐在嚴毅家的沙發上，吃著熱騰騰的滷味，看電視裡洋溢歡樂氣氛的偶像明星載歌載舞表演，我靠在嚴毅懷裡，很舒服地享受兩個人的幸福時光。

「這樣的跨年，才是真的浪漫。」我有感而發地說。

「真的。」嚴毅完全贊同，「難怪妳不愛去外面跨年，雖然現場的氣氛真的會讓人深受感動，可是，在感動之前，對我來說，簡直就像是災難般的折磨。」

「與其和一堆人一起跨年，我寧願只和你在一起就好。」

一起看電視，一起吃東西，一起窩在一張沙發上相互取暖。

很多事，一個人做太孤單，三個人一起又太擁擠，不多不少的兩個人，才會剛好。

電視節目裡，主持人宣布即將開始倒數，鏡頭帶到萬頭鑽動的人潮，然後倒數開始，我和嚴毅沒有跟著電視裡的數字倒數，只是緊緊握著彼此的手，直到螢光幕裡出現閃爍的「Happy New Year」燈飾，嚴毅才輕輕對我說：

「新年快樂，女朋友。」

✡一起窩在一張沙發上相互取暖，這麼簡單又平凡的事，對我來說，卻超級浪漫。

新年的第一天早上，我收到我今年第一份禮物。

是一本日記本大小的札記，用牛皮紙包裝起來，上面還綁了滾著金邊的緞帶，放在我的床頭，在我醒來的第一眼就看見它。

不用多想也知道，這肯定是嚴毅的傑作。

拆開包裝，翻開札記第一頁，映入眼底的，是一張我的照片。不是笑著的我，而是表情有點悲傷的我，那是我和嚴毅剛認識時。

我不清楚照片是什麼時候拍的，照片下方寫了一行字。

「偶爾會被妳這樣的表情感染到悲傷情緒，於是讓我總想探訪妳的心裡，想知道在妳內心深處到底藏著多少我無法理解的憂傷。」

第二頁是兩張票根，那是我第一次和嚴毅去看電影時留下來的票根，我不知道嚴毅居然還保留著它們。

票根下面寫了一排註解文字，「第一次鼓起勇氣約女孩子去看電影，結果女孩在電影院裡從頭睡到尾，實在很不給我面子，但我發現女孩睡著時的臉龐很可愛，有種純真的傻氣。」

第三頁是一張卡片，那是我認識嚴毅的第一年，他生日時我親手去書局挑選，寫了祝福文字送給他的卡片。

卡片下面依然有一排嚴毅寫的文字。

「已經很多年沒有收到朋友手寫的卡片，所以這張卡片對我而言彌足珍貴，價值千金。寫卡片的女孩是個很正的女生，只可惜她的心被一個不懂珍惜她的人佔據。她哭起來的樣子很醜，也很可憐。我不是王子，解救不了她，只好當她的垃圾桶，善盡垃圾分類的職責。」

然後第四頁、第五頁、第六頁……每一頁都是嚴毅的心情，每一頁，都有我和他的回憶。

我慢慢翻閱，過去的回憶就像緩慢播放的幻燈片，一幕幕定格又播映。

「今天，我告訴她，二十五歲的女生擁有極致的吸引力，還有無敵的青春、無敵的漂亮，跟無敵的魅力。她相信了。但我沒說的是，即使她到三十歲，對我而言，她依然擁有極緻的吸引力，那是誰都無可取代的。」

我的眼眶慢慢發熱了。

原來，早在我發現之前，嚴毅就已經喜歡上我，我卻完全不知道。

我很單純地把他對我的好當成好朋友之間的相互對待，很瀟灑地相信男女之間會有純友誼。

一直到後來，我也開始對他有了期待，有了不一樣的心情，才希望他對我的好不單單只是朋友間相互對待的關係。

所幸，嚴毅再怎麼仁人君子，也總有七情六慾，才不至於使我的期待落空。

厚厚的一本手札，每一頁都有嚴毅的文字，篇幅多少不一，卻一樣充滿感情。

我想起嚴毅寫完上一本小說時，說他在進行一件重要的工作，現在想來，也許他所說的重要工作，就是寫這本札記吧。

札記的最後幾頁，又貼上一張我的照片，是我睡得沉靜的容顏，我認出那背景是在醫院，大概是我斷腿住院，嚴毅去照顧我時，趁我睡著拍的吧。

後面，嚴毅寫了封信。

嘿，女朋友：

本來這應該是一本告白書，但我萬萬沒想到，書還沒送出去告白，我們兩個人就在一起了。

不過我想，這樣也很好，可以早一點和妳交往，生命也才會更有意義些。

一面回想這一路和妳走來的點點滴滴，我突然發現，我的生命，好像是從妳出現之後才開始有色彩的。要我再回想妳有走進我生命前我過的是怎樣的日子，我好像怎麼想，也想不起來了。

很怪，對不對？

初識妳的時候，妳常常哭，那時我沒問妳原因，是不想增添妳的憂傷。不過，那時妳眞的讓我見識到，女人身體裡大概眞的躲著一隻大水怪，才能夠無窮無盡地流著淚，好像永遠有流不完的眼淚。

所幸，後來妳的眼淚變少，笑容變多了。

我覺得，那一定是我的功勞，對吧？（請讓我驕傲一下吧。）

有時我會想，像妳這麼好的女生，爲什麼會有人捨得傷害妳。不過我慶幸，還好有人這樣傷害妳，否則我這輩子大概很難有機會走進妳的心裡，霸佔住那把愛情的專屬座椅。

雖然妳總說我是寫小說的，肯定很會說話，但我還是要鄭重聲明，會寫小說，不見得會說什麼好聽的甜言蜜語，在這個領域裡，我不是國王，我只是一名小卒，很多話，即使心裡曾有過念頭，但要叫我說出口，還是讓人十分難以啓齒，不爲別的，應是個性使然。

但是我知道，即使我不說，妳應該也會懂。

既然妳能懂，那麼日後，可以省略的我就不多說了，非得要說的，我就盡量長話短說。

反正，只要妳懂就好。

最後有句話，我想，非說不可。

不管未來我們之間會經歷什麼風風雨雨，我永遠都希望，站在我身旁的人是妳。妳曾對我說過一個關於槲寄生的故事，而我希望，如果可以，我們就成爲彼此的槲寄生吧！讓我們相互依賴、彼此寄生。

然後，我們一起相互扶持；然後，我們一起成長；然後……我愛妳。

男朋友

我冷靜地看完這封信，很感動，卻沒有眞的哭。

我想，我大概也過了那種輕易就爲一封眞摯書寫的信感動得痛哭流涕的年紀。

也許，眞的是老了。

人生歷練一多，眼淚反而變得珍貴了。

嚴毅打電話來時，還問我有沒有感動到掉眼淚。

「沒有。」我據實以答。

「沒有？」嚴毅很意外，不過他不死心，「那有眼眶發熱嗎？」

「沒有。」

「沒有？」他的聲音又高八度。「妳的眼淚到哪裡去了？以前不是很愛哭嗎？」

「大概是以前把眼淚都流光了吧！所以現在哭不出來啦。」

「那要怎麼樣才能讓妳再掉眼淚？」

「不知道，等我想到再跟你說吧。」

「算了！妳跟我在一起，最好都不要掉眼淚，如果非得掉眼淚，掉幾滴感動的眼淚就好了，免得我自責自己對妳不好，害妳哭泣掉淚。」

最後，嚴毅這樣說。

✡也許，和你在一起之後，我的眼淚只剩好的那一部分，不會再有壞眼淚了。

當然，再怎麼甜蜜幸福的日子，磨擦還是在所難免。

我和嚴毅平常不太會吵架，大部分時候，兩個人意見不合快要擦槍走火時，嚴毅都會很識相地先離開戰火現場，讓火爆的場面先冷卻，等我冷靜一點，再試著和我溝通。

不過，偶爾也有溝通不良的時候。

比如，地瓜葉。

地瓜葉這種東西，根據報導，是營養成分極高的食物，有時去黃昏市場，看到有人賣，我就會忍不住買一些回家，炒給嚴毅吃。

偏偏嚴毅不喜歡這種食物，覺得那是以前的人給豬吃的東西，現在怎麼可以拿來餵他吃？他又不是豬！

「你怎麼會有這種想法啊？以前的人不知道這種東西營養成分高啊，加上以前沒什麼東西好養豬，只好給牠們吃地瓜葉。現在豬吃的飼料都已經夠營養了，當然不會再給牠們吃地瓜葉啦，加上被專家學者發現地瓜葉的營養價值，當然就要給人吃啦，現在的人都吃大魚大肉，身體都酸鹼不中和了，偶爾吃點地瓜葉均衡一下也不錯啊。」

我曉以大義，嚴毅偏偏不領情。

他堅持不肯吃豬吃的食物。

於是我跟他第一次大吵，就是地瓜葉惹的禍。

那一次，氣得我整整一個星期不想理他，連電話也不接，到最後，還是他衝來我家請云芝幫他開門，他進來說好說歹，我才原諒他的。

不過那次之後也並沒有學乖，我們的第二次爭吵，依然是爲了地瓜葉。

云芝後來知道我們兩個人接連爲了地瓜葉吵架兩次，直說我們幼稚無聊，大不了以後別吃地瓜葉就好啦，洋蔥也是很不錯的食物，幹麼非要吃地瓜葉不可。

「兩個人在一起，就要互相遷就，硬是要對方配合自己，那兩個人幹麼在一起呢？要這樣倒不如自己一個人還快活些。」

云芝的話點醒了我。

可是排除地瓜葉，情侶之間，可以吵架的事還是很多。

比如，嚴毅常常熬夜寫稿子，我擔心他這樣對肝不好，夜晚十一點到一點是肝膽排毒的時間，所以我希望他早點休息，讓他的肝膽能充分休息兼排毒。

可是他說那段時間是創作的黃金時段，不拿來好好寫點東西實在很浪費，於是我只能睜隻眼閉隻眼任由他去。

偏偏嚴毅又喜歡熬夜寫稿到清晨雞鳴時刻才去睡，早上我上班時間，他又心疼我擠公車太累，會堅持起床送我去上班。

就算拒絕讓他送，要他再回去睡覺，他還是堅持己見。兩個人常常就這樣沿路繃著一張臉不講話，然而說到底，全都是因為心疼對方。

當然這只是鳳毛麟角，其實還有很多芝麻綠豆大的小事，全都能讓我們拿出來吵嘴，雖然事後想來，常常會覺得為那些事吵架太無聊，但在氣頭上可不會這麼想。

「眞是奇怪，以前當朋友時，容忍力好像比較好，變成男女朋友，就容易雞蛋裡挑骨頭了。以前不覺得是毛病的部分，現在全變成缺點被放大在眼前。」

雖然和嚴毅成了男女朋友，不過不吵架時，我還是習慣把心裡的話跟他說。

「那是因為我們都希望彼此能過得更好。」

嚴毅摸摸我的頭，遞給我一杯熱呼呼的熱可可，要我喝了，腹部才會舒服一點。

這是每次我月事來時，他必做的公事之一，也不知道他是從哪裡聽來的，說女生生理期一來，只要吃點巧克力之類的飲品，就比較不會不舒服。

雖然我從來沒有不舒服過（這要感謝我媽生給我這種好體質），不過念在嚴毅一片苦心的分上，我還是會乖乖喝掉他幫我準備的熱可可，然後甜蜜蜜地對他笑著說：「謝謝你，親愛的。」

嚴毅總是會因爲這句話開心得咧嘴微笑。

李德銓知道我和嚴毅終於交往的消息，傳了兩通簡訊恭喜我，據說他還是沒有追回他女朋友，不過，樂觀的他跟我說，他相信在這個世界上，必定有更適合他的女生，等待他去發現、追求，所以他會耐心等待。

和梁禹浩交往超過三年的云芝，在梁禹浩他家高齡的爺爺意外驟逝後，由他父母親自出馬去云芝家提親。說根據傳統習俗，年輕人最好能在高齡長者過世百日內完婚，不然就要再等三年才能結婚。梁家顧慮家裡還有位高齡老奶奶，怕老奶奶年歲已高，看不到梁家長孫娶妻生子，會遺憾終身。

「眞不甘心，我才二十六歲耶。」云芝抱著我，哭得一把鼻涕一把眼淚，好不傷心。

云芝的父母也樂見云芝和梁禹浩早日成婚，所以馬上答應了這門親事。兩家長輩相談甚歡，說好那些繁文縟節盡量簡化，能省則省。倒是兩位年輕當事人，覺得自己一輩子的幸福完全不被重視，變成兩家大人們說了就算的事，十分不甘心。

「反正也不打算換對象了，早結婚晚結婚也都是要嫁給他嘛，大不了結完婚先不要生小孩，多玩個幾年再來生小孩就好，日子還是跟以前一樣嘛，妳又不跟公婆住，有什麼差別？」

我安慰哭得浠瀝嘩啦的云芝，又看看在一旁，臉也綠得像顆綠豆，一直邀嚴毅陪他喝兩杯的梁禹浩。

「但我的身分證後面，配偶欄就多了『梁禹浩』這三個字，哇，我不要啦，這樣子我的身價就直直落了耶，跟單身少女比起來，多了『人妻』這個頭銜，身價就直接打三折，完全沒價值可言啦。」

「不用講得這麼可憐，『人夫』的遭遇跟妳一樣淒慘，不會好到哪裡去，我們算是同病相憐啦。」

梁禹浩拍拍云芝的手背，很認真地說。

即使小兩口再怎麼抱怨，但看在我們眼裡、聽在我們耳裡，他們還是很希望能和彼此共度餘生，畢竟相戀不是一天兩天的事，修成正果不就是戀愛的最高境界嗎？每個人都是為了可以結婚、能夠相守一輩子，才努力和自己喜歡的人談戀愛的，不是嗎？

正當云芝和梁禹浩的婚禮如火如荼籌備之際，嚴毅邀我陪他回老家一趟。

「我要把妳介紹給我家人認識。」

嚴毅十分慎重地詢問我的意見，並幫我做了心理建設和臨時輔導。

「我是家裡老大，長孫，我家有四個兄弟姊妹，我爸是公務人員，我媽是家庭主婦，我有兩個弟弟，一個妹妹，四位阿公阿嬤全都健在。我們家是大家族，所有的親戚全都住在附近，每到假日，就會有一堆人到我們家泡茶。妳不用擔心，回家時，我會帶妳一個一個叫人，妳只要多跟我回家幾趟，很快，妳就會知道大舅長怎樣，小阿姨是什麼模樣，姨婆又是誰，姑丈是哪位……」

「……嚴毅，我現在可以後悔嗎？」

光聽他這樣形容他家那一大陣仗的人馬，我就開始後悔起來。

「我們現在分手還來得及，對不對？」

「來不及了。」嚴毅一把抓住想要落跑的我，一隻手勾住我的脖子，「妳還是乖乖面對現實吧。乖！不會太難的，我們家族人口是眾多，但不難相處，更何況，我會一直在妳身邊啊。」

「可是……」

「放心！有我在，不用怕。以後，我也會去妳家拜訪，也一樣要認識妳家那一堆親戚不是嗎？談戀愛是兩個人的事，但未來的生活是兩家子的事，我們總要去面對、去習慣的，對不對？」

我點點頭。

「不用擔心，有我在，妳只要負責開心、努力微笑就好，其他的事都讓我來，妳什麼都不用煩惱，好嗎？」

「不用擔心，有我在。」嚴毅總是喜歡這樣說。

「不用擔心，有我在。」這句話彷彿有無限魔力，聽著，就能心安，好像再怎麼令人擔心的事，也變得不要緊了。

也許，未來的路上眞的會風風雨雨、崎嶇坎坷，但只要有嚴毅在，只要能牽著他的手，一步一步慢慢走，彷彿眞的就不那麼令人膽怯了。

於是，關於愛情的悸動，關於幸福的期盼，都能在那個人的眼裡、心上，找到專屬的寄託。

即使未來並不一定美好，但人生就是這樣，因爲不完美，所以才完整。

✡你總是說「不用擔心，有我在」，然後我就真的不擔心了，因為有你在。

【全文完】

☆後記

於是

這是一個十分簡單平凡又溫暖的故事，是近些年來我所創作的故事裡，我自己最喜歡的一部作品。

相較於之前寫的那些充滿青春校園氣息的愛情故事，我似乎特別偏愛這個遠離學校生活的故事。它讓我想起自己念書的那段時期，當我被一堆課本及考試壓得喘不過氣來時，總巴望著能趕快畢業，走出校園，擁有一份穩定的工作、一段恆久又美好的愛情，不會再有不斷接踵而來的大小考。

人，總在幻想中期待，在現實中成長。

故事並沒有特別去設定架構，我抱著很自然的心情在寫這個故事，想到什麼就寫什麼，時間，彷彿又回到最初創作的那個時期，我隨順心意地寫著自己喜歡的故事。

每每開始創作新故事時，我的身體總會冒出一些特殊狀況，每次症狀都不一樣，每

☆後記

次都一樣的令人頭痛。

所以，在開始寫這個故事時，編輯還特別問候過我的身體情況，關心地要我自己多找時間休息（當然，我把它當成是客套話，她其實是要來跟我催稿，所以拿這個當開頭語）。那時，我的身體狀況尚可，也很聽話地不熬夜，每天都乖乖地在十一點之前就寢。

結果，每天的寫作進度都很少，有時一天下來，寫的字數不到千字，是家常便飯的事。

基於本人一貫的拖稿原則，照例是到要截稿日前的十日左右開始倒數，我才會快馬加鞭地趕進度。身體，往往也是在這個時候開始出狀況的。

於是，就在我沒日沒夜（好！我是誇張了，順便上一下課，這就是所謂的「誇飾法」喔！）趕進度的同時，本人疑似被傳染了B型流感，連續高燒六天，頭昏腦脹之際，爲了不讓編輯被主管罵（我說的是實話唷，本人一向秉持悲天憫人之心），我硬是半倚在床上，繼續寫小說趕進度，一面在心裡不斷飆罵感冒病毒，以及把病毒傳染給我的那些家人們，同時一面還得努力幫男女主角營造浪漫氛圍，我才發現，自己其實很厲害！

之後，再回頭來修稿時，看著自己寫的故事，居然還能意猶未盡，尤其是後面某些橋段，是我在發高燒時撰寫的。暈頭轉向之際，竟寫出了連自己都意外的過程，也算是另一項讓人驚奇的收獲呢。

故事寫到後來，我的創作癮就這麼被勾引出來，於是，在故事收尾的時候，我又想到了另一則有趣的可愛故事，想著，就想寫出來跟大家分享，但是，在這個世界上，「好事多磨」是不變定律……所以，還是先玩 online game 去吧！

不過，爲了那些喜歡閱讀我的故事的你們，我會努力 hold 住那些在腦袋裡紛飛的靈感，再擇日讓它們化成文字，變成一部有趣又可愛的故事，分享給你們。

所以，這就當成是我跟你們在二〇一二年的約定吧！讓我們一起加油，努力讓自己的二〇一二過得無敵美好又幸福，好嗎？

Sunry

商周出版叢書目錄

網路小說系列

書號	書名	作者	定價
BX4001X	妹妹	堅果餅乾	180
BX4002X	You are not alone，因為有我	魔法妹	180
BX4003	只在上線時愛你	Yuniko	180
BX4004	我的 Mr. Right	Prior (囌聲)	180
BX4005	貓空愛情故事	藤井樹	180
BX4006	祕密	Hinder	180
BX4007C	我們不結婚，好嗎	藤井樹	250
BX4008	蟑螂與北一女	Cleanmoon	180
BX4009	看見月亮在笑偶	湯米藍	180
BX4010	曖昧	Kit (林心紅)	180
BX4011	這是我的答案	藤井樹	180
BX4012	藍色月亮	堅果餅乾	180
BX4013	我們勾勾手	Hinder	180
BX4014	遇見你	Sunry	180
BX4015	日光燈女孩	Tamachan	180
BX4016	阿夜的玫瑰還有我	月亮海	180
BX4017	我不是他太太	Kit (林心紅)	180
BX4018	白帶魚的季節	Sephroth	180
BX4019X	我是男生，我是女生	Seba (蝴蝶)	180
BX4020	有個女孩叫 Feeling	藤井樹	260
BX4021	糖果樹情話	吐司 (truth)	180
BX4022	對面的學長和念念	晴菜 (Helena)	180
BX4023	尋翔啟示	Hinder	180
BX4024	愛在西灣的日子	BLACKJACKER	180
BX4025	Your heart in my heart	Siruko (靜子)	180
BX4026	新婚試驗所	Sunry	180
BX4027	銀色獵戶座	薄荷雨	180
BX4028	十七歲的法文課	阿亞梅 (Ayamei)	180

BX4029	真的，海裡的魚想飛	晴菜（Helena）	180
BX4030	聽笨金魚唱歌	藤井樹	180
BX4031	沒有愛情的日子	Kit (林心紅)	180
BX4032	暗戀	堅果餅乾	180
BX4033	有種感覺叫喜歡	Vela (婉真)	180
BX4034	心酸的幸福	Sunry	180
BX4035	深藏我心的愛戀	Yuniko	180
BX4036	長腿叔叔二世	晴菜 (Helena)	180
BX4037	孤寂流年	麗子	180
BX4038	純真的間奏	薄荷雨	180
BX4039	那個人	Skyblueiris	180
BX4040	大度山之戀	穹風	180
BX4041	從開始到現在	藤井樹	180
BX4042	不穿裙子的女生	布丁（Putin）	180
BX4043	聽風在唱歌	穹風	180
BX4044	盛夏季節的女孩們	堅果餅乾	180
BX4045	B 棟 11 樓	藤井樹	180
BX4046	小雛菊	洛心	180
BX4047	巾幗鬚眉	Maga	180
BX4048	那個夏天	Sunry	180
BX4049	不要叫我周杰倫	布丁（Putin）	180
BX4050	Say Forever	穹風	180
BX4051	夏飄雪	洛心	180
BX4052	裸足之舞	夜之魔術師	180
BX4053	青梅愛竹馬	Trsita	180
BX4054	我在故事裡愛你	Vela	180
BX4055	這城市	藤井樹	180
BX4056	夏天，很久很久以前	晴菜 (Helena)	180
BX4057	紅茶豆漿	Singingwind	180
BX4058	Magic 7	Kit (林心紅)	180
BX4059	雨天的呢喃	貓咪詩人	180
BX4060	黑人	Killer	180
BX4061	不是你的天使	穹風	180
BX4062	你在我左心房	Sunry	180

BX4063	天使棲息的窗口	晴菜 (Helena)	180
BX4064	月光沙灘	薄荷雨	180
BX4065	圈圈叉叉	穹風	180
BX4066	我的學弟是系花	布丁(Putin)	180
BX4067	Because of You	穹風	180
BX4068	我的理工少爺	阿古拉	180
BX4069	十年的你	藤井樹	180
BX4070	天堂鳥	Singingwind	180
BX4071	18℃的眷戀	Sunry	180
BX4072	人之初	洛心	180
BX4073	在那天空的彼端	貓咪詩人	180
BX4074	妳身邊	阿古拉	180
BX4075	好想你	晴菜(Helena)	180
BX4076	幸福時光	夜之魔術師	180
BX4077	後座傳說	蘋果米(csshow)	180
BX4078	下個春天來臨前	穹風	180
BX4079	期待一場薄荷雨	薄荷雨(peppermint)	180
BX4080	學長好	阿晨	180
BX4081	空氣與相簿	Killer	180
BX4082	魚是愛上你	ismoon (月升)	180
BX4083	圖書館少女夢	布丁(Putin)	180
BX4084	微風中的氣息	妤珩	180
BX4085	彈子房	Micat	180
BX4086	心跳	晴菜(Helena)	180
BX4087	約定	穹風	180
BX4088	寂寞之歌	藤井樹	180
BX4089	老大	布丁(Putin)	180
BX4090	來場戀愛吧！	蘋果米(showcs)	180
BX4091	晴空私語	貓咪詩人	180
BX4092	隱形的翅膀	Trista	180
BX4093	搜尋愛情	薩芙	180
BX4094	十字路口的愛情	Vela	180
BX4095	子夜	singingwind	180
BX4096	羽毛	Delia	180

BX4097	簡單就是美	蘋果米(showcs)	180
BX4098	勇氣	Killer	180
BX4099	紀念	穹風	180
BX4100	第二次的親密接觸	布丁(Putin)	180
BX4101	六弄咖啡館	藤井樹	220
BX4102	遺忘之森	晴菜(Helena)	200
BX4103	告別 月光	穹風	200
BX4104	天堂裡的候鳥	Vela (海揚)	180
BX4105	FZR 女孩	穹風	200
BX4106	低空飛翔的愛情	Sunry	180
BX4107	思念，懸在耳邊	Yuniko	180
BX4108	手裡的溫柔	青庭	180
BX4109	夏日之詩	藤井樹	220
BX4110	花的姿態	穹風	200
BX4111	甜蜜惡作劇	史坦利	180
BX4112	是幸福，是寂寞	晴菜(Helena)	200
BX4113	愛•不落	Micat	180
BX4114	藏在抽屜的夏天	青庭	180
BX4115	夜空	佩佩蘭	180
BX4116	三分之一未滿的愛情	killer	180
BX4117	人魚王子	nanaV	180
BX4118	愛情急轉彎	雪倫	180
BX4119	我的斯斯男	溫暖 38 度 C	180
BX4120	暮水街的三月十一號	藤井樹	220
BX4121	告別的年代	穹風	180
BX4122	因為	Micat	180
BX4123	追求	青庭	180
BX4124	管家婆	蘋果米(showcs)	180
BX4125	嗨，bye bye	Sunry	180
BX4126	左掌心的思念	穹風	200
BX4127	夜光	薄荷雨(peppermint)	180
BX4128	藍色	霜子	200
BX4129	第一千個夏天	柳豫	180
BX4130	第三個不能說的願望	青庭	180

BX4131	紅野狼	Joeman	200
BX4132C	流浪的終點	藤井樹	260
BX4133	雨停了就不哭	穹風	200
BX4134	那些愛，和那些寂寞的事	雪倫	180
BX4135	又見晴天	nanaV	180
BX4136	破襪子	霜子	180
BX4137	愛•原來	Micat	180
BX4138	非法移民	阿亞梅	180
BX4139	燦燦	Sunry	180
BX4140	水蜜桃男孩	溫暖 38 度 C	180
BX4141	7 點 47 分，天台上	穹風	200
BX4142	愛，拐幾個彎才來	青庭	200
BX4143	搭便車	霜子	180
BX4144	最後一顆，櫻桃	史坦利	200
BX4145	青春待續	Killer	180
BX4146	晴天的彩虹	穹風	200
BX4147	那個像馬爾濟斯的女孩	妤珩	180
BX4148	流轉之年	藤井樹	220
BX4149	噓……寂寞不能說	雪倫	180
BX4150	守候	Micat	180
BX4151	學姊	蘋果米	180
BX4152	宇宙王子與童話女孩	Killer	180
BX4153	六月的畢業情書	青庭	200
BX4154	唉喲！女生宿舍	塔瑪江	180
BX4155	那年我心中最美的旋律	穹風	200
BX4156	這樣，愛你	溫暖 38 度 C	180
BX4158S	白色（上下冊不分售）	霜子	360
BX4159	說再見，一定會再見	玉米虫	200
BX4160	菲你莫屬	nanaV	180
BX4161	夏日最後的祕密	晴菜	200
BX4162	微光的幸福	Sunry	200
BX4163	幸福の一日間	穹風	200
BX4164	寂寞，又怎樣？	雪倫	200
BX4165C	微雨之城	藤井樹	240

BX4166	一顆蘋果的距離	青庭	200
BX4167	幸福，一人未滿	抒靈	180
BX4168	影子茱麗葉	Killer	180
BX4169	愛・抉擇	Micat	180
BX4170	木樨の心	穹風	200
BX4171	一天一天	玉米虫	200
BX4172	流光中的小確幸	霜子	200
BX4173	也許愛情曾來過	HANA	180
BX4174	越躲寂寞越寂寞	雪倫	200
BX4175	晨曦的顏色	抒靈	180
BX4176	日光旋律	穹風	200
BX4177	一期一會の戀	Sunry	200
BX4178	是愛的可能	溫暖 38 度 C	180
BX4179	遇見・第 33 號球場的幸福	Micat	180
BX4180	真情書	藤井樹	260
BX4181	十七歲又兩百二十九天	青庭	200
BX4182	愛情現正上映	蘋果米	180
BX4183	寂寞金魚的 1976	穹風	200
BX4184	歡迎光臨，我的心	抒靈	180
BX4185	如果有一天	晴菜	200
BX4186	這一刻，寂寞走了。	雪倫	200
BX4187	天空很近的城市	貓咪詩人	180
BX4188	迷路時光	Killer	180
BX4189	然後我愛你	Sunry	200
BX4190	飛過天邊的幸福	Micat	180

◎郵政劃撥訂購方式：

戶名：書虫股份有限公司

劃撥帳號：19863813

請至郵局索取劃撥單，填上戶名以及劃撥帳號，並於劃撥單背面寫上欲購買的書籍之詳細書名、本數、您的大名、聯絡電話與寄書地址，在郵局櫃檯直接付款。

劃撥購買恕不折扣。

國家圖書館出版品預行編目資料

然後我愛你 / Sunry著. -- 初版. -- 臺北市；商周，
城邦文化出版；家庭傳媒城邦分公司發行，
民 101.01
面 ； 公分. --（網路小說；189）

ISBN 978-986-272-110-0（平裝）

857.7 100028187

然後我愛你

作　　者／Sunry
企畫選書人／楊如玉、陳思帆
責 任 編 輯／陳思帆

版　　權／翁靜如
行 銷 業 務／朱書霈、蘇魯屛
總　編　輯／楊如玉
總　經　理／彭之琬
發　行　人／何飛鵬
法 律 顧 問／台英國際商務法律事務所　羅明通律師
出　　版／商周出版
台北市中山區民生東路二段 141 號 9 樓
電話：(02) 2500-7008　傳真：(02) 2500-7759
blog：http://bwp25007008.pixnet.net/blog
email：bwp.service@cite.com.tw
發　　行／英屬蓋曼群島商家庭傳媒股份有限公司城邦分公司
聯絡地址：台北市中山區民生東路二段 141 號 11 樓
書虫客服服務專線：(02) 25007718・(02) 25007719
24小時傳眞服務：(02) 25001990・(02) 25001991
服務時間：週一至週五09:30-12:00・13:30-17:00
郵撥帳號：19863813　戶名：書虫股份有限公司
讀者服務信箱 email：service@readingclub.com.tw
城邦讀書花園網址：www.cite.com.tw
香港發行所／城邦（香港）出版集團有限公司
地址：香港灣仔駱克道 193 號東超商業中心 1 樓
email：hkcite@biznetvigator.com
電話：(852)25086231　傳眞：(852) 25789337
馬新發行所／城邦（馬新）出版集團 Cité(M)Sdn. Bhd.
41, Jalan Radin Anum, Bandar Baru Sri Petaling,
57000 Kuala Lumpur, Malaysia.
電話：(603) 90578822　傳眞：(603) 90576622
email:cite@cite.com.my

版 型 設 計／小題大作
封 面 插 圖／文成
封 面 設 計／山今伴頁
電 腦 排 版／浩瀚電腦排版股份有限公司
印　　刷／高典印刷有限公司
總　經　銷／高見文化行銷股份有限公司
電話：(02)2668-9005　傳眞：(02)2668-9790
客服專線：0800-055-365

■ 2012 年（民 101）1月18日初版
■ 2013 年（民 102）10月25日初版6.5刷

Printed in Taiwan

城邦讀書花園
www.cite.com.tw

定價 / 200元

著作權所有・翻印必究
ISBN　978-986-272-110-0

商周出版

廣　告　回　函
北區郵政管理登記證
台北廣字第000791號
郵資已付，免貼郵票

104台北市民生東路二段 141 號 2 樓

英屬蓋曼群島商家庭傳媒股份有限公司　城邦分公司

請沿虛線對摺，謝謝！

商周出版

書號：BX4189	書名：然後我愛你	編碼：

商周出版

讀者回函卡

謝謝您購買我們出版的書籍！請費心填寫此回函卡，我們將不定期寄上城邦集團最新的出版訊息。

姓名：＿＿＿＿＿＿＿＿＿＿＿＿ 性別：□男 □女

生日：西元＿＿＿＿年＿＿＿＿月＿＿＿＿日

地址：＿＿＿＿＿＿＿＿＿＿＿＿＿＿＿＿

聯絡電話：＿＿＿＿＿＿＿＿ 傳真：＿＿＿＿＿＿＿＿

E-mail：＿＿＿＿＿＿＿＿＿＿＿＿＿＿＿＿

學歷：□1.小學 □2.國中 □3.高中 □4.大專 □5.研究所以上

職業：□1.學生 □2.軍公教 □3.服務 □4.金融 □5.製造 □6.資訊

□7.傳播 □8.自由業 □9.農漁牧 □10.家管 □11.退休

□12.其他＿＿＿＿＿＿＿＿＿＿＿＿

您從何種方式得知本書消息？

□1.書店 □2.網路 □3.報紙 □4.雜誌 □5.廣播 □6.電視

□7.親友推薦 □8.其他＿＿＿＿＿＿＿＿

您通常以何種方式購書？

□1.書店 □2.網路 □3.傳真訂購 □4.郵局劃撥 □5.其他＿＿＿＿

您喜歡閱讀哪些類別的書籍？

□1.財經商業 □2.自然科學 □3.歷史 □4.法律 □5.文學

□6.休閒旅遊 □7.小說 □8.人物傳記 □9.生活、勵志 □10.其他

對我們的建議：＿＿＿＿＿＿＿＿＿＿＿＿＿＿＿＿

＿＿＿＿＿＿＿＿＿＿＿＿＿＿＿＿

＿＿＿＿＿＿＿＿＿＿＿＿＿＿＿＿

＿＿＿＿＿＿＿＿＿＿＿＿＿＿＿＿

＿＿＿＿＿＿＿＿＿＿＿＿＿＿＿＿